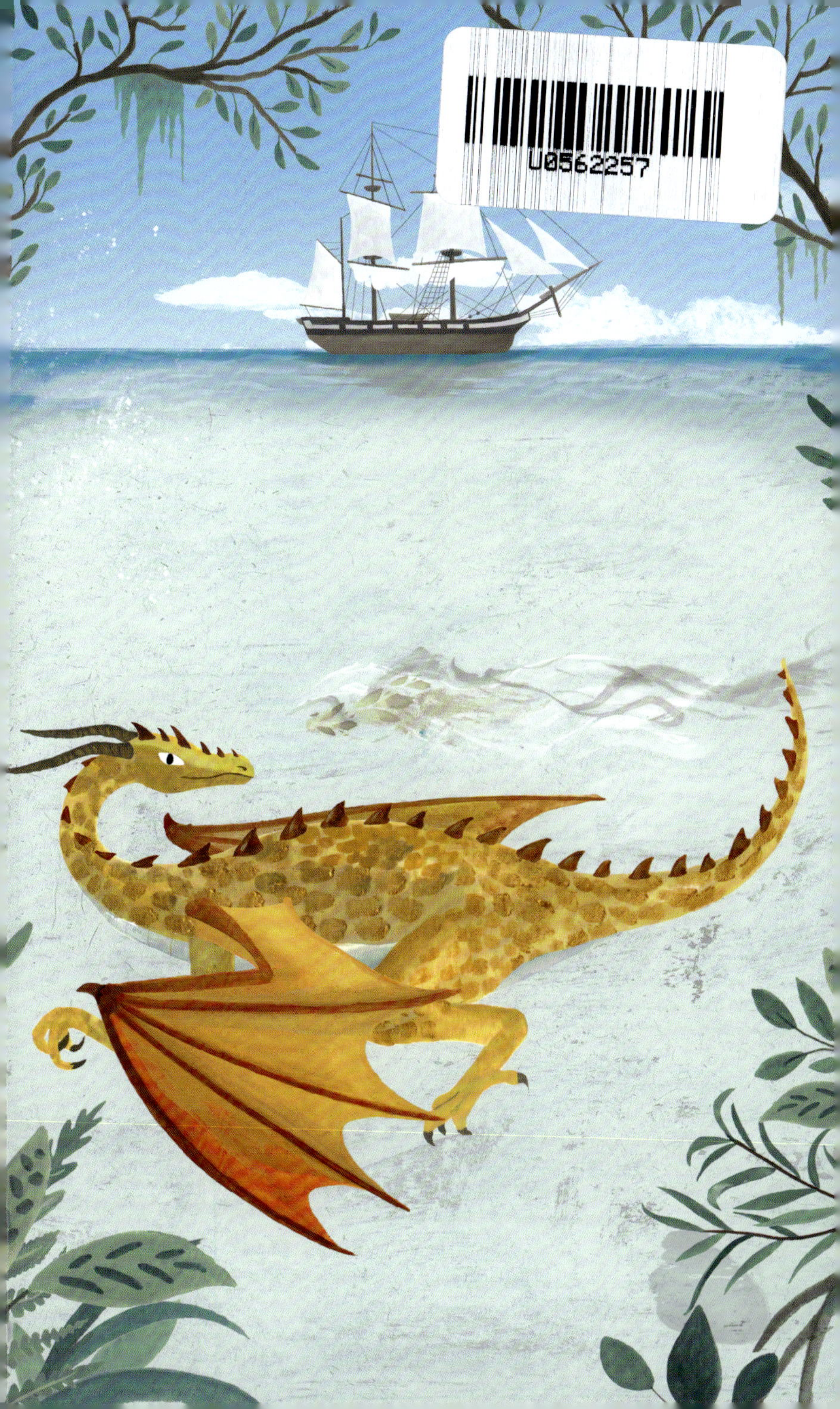

来自巴瑞爷爷的推荐

从地球陌生角落的神奇动物,到人类和其他物种进化的秘密,那些伟大的自然发现一直令我沉醉不已。如果还有别的发现,更多奇妙的发现呢?也许就在此处!林赛·加尔文构想了一个令人眼花缭乱的秘密,答案将在绝妙的历险过程中层层揭晓,精彩不容错过!

巴瑞·坎宁安
鸡窝出版社出版人

达尔文的龙

[英]林赛·加尔文/著

齐贞贞/译

中国少年儿童新闻出版总社
中国少年儿童出版社
北 京

著作权合同登记　图字：01-2020-7565 号

英文版原书名：DARWIN'S DRAGONS 出版时间：2021 年
出版者：The Chicken House，2 Palmer St, Frome, Somerset,
BA11 1DS, UK
文字版权© LINDSAY GALVIN（2021）
本书所有人名与地名版权© LINDSAY GALVIN 2021
未经许可不得使用
作者／插图绘者保留精神权利。
所有权利保留。

图书在版编目（CIP）数据

达尔文的龙／（英）林赛·加尔文著；齐贞贞译．
—北京：中国少年儿童出版社，2022.10
（巴瑞的书屋）
ISBN 978-7-5148-7659-8

Ⅰ.①达… Ⅱ.①林… ②齐… Ⅲ.①儿童小说—长篇小说—英国—现代 Ⅳ.① I561.84
中国版本图书馆 CIP 数据核字（2022）第 167567 号

DAERWEN DE LONG
（巴瑞的书屋）

出 版 发 行：	中国少年儿童新闻出版总社 中国少年儿童出版社
出 版 人：	孙　柱
执行出版人：	马兴民

丛书策划：缪　惟	丛书统筹：史　钰
责任编辑：安今金	版权引进：仲剑弢
装帧设计：徐经纬	责任校对：杨　雪
	责任印务：厉　静

社　　　址：北京市朝阳区建国门外大街丙 12 号	邮政编码：100022
总 编 室：010-57526070	发 行 部：010-57526568
官方网址：www.ccppg.cn	编 辑 部：010-57526270

印刷：北京盛通印刷股份有限公司

开本：850mm×1168mm　1/32	印张：9.75
版次：2022 年 10 月第 1 版	印次：2022 年 10 月北京第 1 次印刷
字数：150 千字	印数：1—5000 册
ISBN 978-7-5148-7659-8	定价：45.00 元

图书出版质量投诉电话 010-57526069，电子邮箱：cbzlts@ccppg.com.cn

献给比尔,诚挚的爱。

这些岛屿的自然史非常奇特，
绝对值得关注。

查尔斯·达尔文
《小猎犬号航海记》

故事背景

1831年12月27日,查尔斯·达尔文乘坐小猎犬号,开始了他传奇的航海之旅。五年后,基于对各种奇妙生物的研究,他带着具有颠覆性的新锐观点返回了英国。这些观点为有史以来最负盛名的科学书籍之一《物种起源》奠定了基础。

旅程中,船舱侍者兼小提琴手西姆斯·科文顿成为达尔文先生的助手。这是一个有可能在加拉帕戈斯群岛探险中发生的故事,或许也解释了为何最早的探险家们将这里称为魔法岛……

第一部

相比其他任何岛屿,纳伯勒岛展现了更加粗糙和可怕的一面。熔岩基本保持着岩浆喷涌而出时的样貌。

查尔斯·达尔文
《小猎犬号航海记》
1835 年 9 月 30 日

第一章

1835年9月

阿尔伯马尔岛，加拉帕戈斯群岛

达尔文先生戴着被小猎犬号上的水手们嘲笑的自制放大眼镜，手中拿着笔记本，蹲在一只巨大的象龟前，看起来像个潜心向学的海盗。

"科文顿，你看见了吗？龟壳完全罩住了它的身体。"他低着头说，"这意味着它们根本无法仰起脖子。"

"也许它们不需要，先生。"我一边看着象龟们吃草，一边回答道，"这里长着很多草，它们只需低头看着地面就行了。

达尔文先生倏地扬起眉毛，咧嘴笑了："有趣的观察结论。那么，你想想，是龟壳的外形特征让象龟有了这种行为模式，还是刚好反过来呢？"

我不知道问题的答案，但他的赞许让我有些脸红耳热。四年前旅程刚开始时，我只是船上的侍者兼小提琴手。但在过去两年半的时间里，我凭借具有的文书技能，开始协助达尔文先生工作，我想这也是爸爸所期望的。我很高兴自己已经初步学会了像达尔文先生那样思考。

"我很好奇，这么大的龟壳会不会很难骑上去。"我脱口而出，随即又懊恼不已。这可不是达尔文先生想从他助手嘴里听到的话！

但出人意料的是，达尔文先生翻身爬上了一只巨龟。他坐在龟壳顶上对我说："那你就做好准备吧！还等什么呢？"

这古老的动物被突如其来的重量吓了一跳，伸出又长又硬的脖子，嘴里发出嘶嘶声，紧接着迈出了沉重的一步。达尔文先生刚刚维持住平衡，就拍着大腿放声大笑。爽朗的笑声比他说话的声音清脆响亮多了。

这还差不多。主人绝顶聪明，并且一贯很严肃，但他也还是个年轻人。我很喜欢他这样嬉闹，这种时刻很难得。我们已经量了一整天的龟壳，能歇息一会儿再好不过了。

我盯着象龟群，挑选了一只块头小的，它好像正呼呼大睡。它的头缩在皱巴巴的脖颈里，好似一枚顶着盖的橡子。我费力爬到它背上。这可不像达尔文先生做起来那么轻松。我的主人很高，偶尔驼背，走路时有自己的甩臂方式，不过他一点儿也不像看起来那么笨拙。我的膝盖在斑驳的龟壳上打着滑，当我想方设法把屁股挪到龟壳中间时，象龟就开始移动了。我感觉自己仿佛回到了在好望角的狂风暴雨中航行的小猎犬号上。

达尔文先生的象龟正穿越熔岩地带。我的象龟却突然停下脚步，低头大口吃起草来，差点儿把我甩掉。

"你选了一头驴，科文顿，但我选了匹高贵的骏马！"达尔文先生喊道。

我大笑起来，看他在空中挥舞着帽子，心想：要是爸爸能看到现在的我该多好。

一片阴影忽地掠过。我抬起头，两只巨大的军舰鸟乘着气流俯冲而下。它们的黑色羽翼几乎与喙和尾巴一样尖利，红色的喉部在阳光的照射下闪闪发光。

达尔文先生也抬头张望："看来要变天了，科文顿……"

我也看出来了。天空忽然变成了青紫色，空气里弥漫着铜币的气味。

达尔文先生跃下象龟背。"标本都装好了吗？"他的声音又严肃起来。

"是的，先生。"我也滑下龟背。我的象龟用它无牙的尖喙从我手里叼了些草，然后缩回了脑袋。我喜欢这些象龟，它们苍老的黑眼睛后似乎藏着许多想法。

"快点儿，孩子，我们一起把它们弄回桶里去。"达尔文先生催促我。

我们用装葡萄酒的木桶保存收集到的标本。每当小猎犬号停靠港口，我们就会把这些标本邮寄给达尔文先生在剑桥的同事。

硕大的雨点打在胳膊上，一阵狂风差点儿吹跑了我的帽子。这个地区的天气变幻莫测，我们必须时刻做好准备。达尔文先生皱着眉，蓝灰色的眼睛看起来很忧虑。我扛起背包，把航海日志放进自己的背包里。达尔文先生的眼镜丢在了一块巨石上，我把它塞进小提琴盒中，又用拇指在琴盒的封口处抹了些蜡，以避免进水。起初，我带着小提琴是想试试音乐对野生动物有没有影响，但始终没有时间演奏。达尔文先生并不偏爱这种老乐器，他把它称为刮擦器，而这个名称也延用至今。

温暖的雨滴瞬间变成倾盆大雨。我们匆忙穿过黑色的熔岩平原，朝停靠在海岸的小船奔去。

"小心脚下，科文顿。"达尔文先生说。我听到后点点头。这片平原底下布满了隧道，它们曾经是地下的岩浆河流。接近地表的地方还有很多危险的暗坑。

达尔文先生说这些岛屿看起来就像魔鬼的炼狱，对我们而言，它们就像地狱，充满了危险。阿尔伯马尔岛的五座火山在我们身后一字排开，前方的海面上停泊着小猎犬号。几团花椰菜形状的紫灰色云朵遥遥聚集在它的灰影后。

小猎犬号上的一名水手罗宾斯，正慌张地在岸边等着我们。这可一点儿都不像他。"先生，您见着那场暴风雨了吧！"

达尔文先生点点头:"我们回船上去吧。大家都快点儿!"

岸边的黑色岩石上覆满了勃勃生长的绿色海草。罗宾斯接过达尔文先生的装备,跟在我们身后大步穿过海草。我们径直踏入海里,艰难地涉水朝小船走去。海浪中,水手坦纳正稳稳地操控着小船,准备营救我们。我先扶主人登上小船,然后自己才费力地爬了进去,接着罗宾斯也跳上了船。距我们骑象龟不过短短数分钟的时间,但狂风骤雨中的小猎犬号几乎消失不见了。这时的大海阴森可怖。

"抓牢了,小伙子,达尔文先生。"刚刚登上小船的罗宾斯大喊。

两个水手开始奋力划桨,以至于他们脖子上的肌肉都绷成了一条线。海浪翻滚,雨点如同狂怒的野兽投掷的石头般砸在我们身上。

第二章

头顶的闪电划破黑云,响雷震动了我的骨头。从登上小船开始,达尔文先生的脸色就变得和小猎犬号上的粥一样,一如过去经历风浪时一样虚弱。但当我们打着转儿,左突右冲地朝小猎犬号挣扎挺进时,罗宾斯僵硬的表情还是吓了我一跳。他和坦纳正用尽全力划着船桨。可海浪滔天,风比水手长的鞭子还锐利,很难说我们是不是离大船更近了。

我从船底向外舀出雨水,但水灌进来的速度几乎和我往外倒的速度一样。我一边把刮擦器推到背后,一边暗自庆幸自己用蜡封住了琴盒。一波波海浪如难以翻越的山丘奔腾而来，我们连浮在水面都看似不可能。但水手们仍在奋力划桨，我也尽力告诉自己，掀翻一艘小船要比看起来难多了。

达尔文先生的亚麻衬衫紧贴着皮肤，脸色和海浪的泡沫一样苍白。他一边把手伸向我，一边趔趄着翻过船上的凳子，可他没走几步就摔倒了。他用手紧紧扒着船边，后背起伏着，好像要把五脏六腑都吐出来似的。我赶紧挪过去帮他。可我刚要这么做，小船就攀到了浪尖之上。主人身体前倾，手一滑，我还来不及大喊，他就翻了个跟头……跌入大海。

"有人落水了！"罗宾斯吼道。

我一把抓住盘在船底的绳索，在手上绕了一圈，接着大吼一声，把另一端绳索抛向身后，就跟着主人跳入了狂暴的大海。

巨浪拖着我下沉，又将我抛起。我已上气不接下气。当我意识到自己仅仅是个海上救援生手时，已经太晚了。我连自保都做不到，更别提救达尔文先生了。

"罗宾斯！"我大吼，"罗宾斯！"我感到后背的小提琴盒向上浮起，它仍牢牢地缚在我胸前。一切都变得灰白模糊。这就是结局了吗？手里的绳索突然绷紧了。我凝聚心神，使劲儿蹬腿，努力辨认着罗宾斯和小船的影子。就在那里……达尔文先生的白色亚麻衬衫！

他没有被大海吞没，还没有。我们还有机会。我一定不能错过。

我们俩都命悬于此。

我拼命挥舞着自由的那只手。达尔文先生看到了我，朝我的方向奋力挣扎。他像一块浮木，在翻腾的海浪与泡沫中起起伏伏。幸运的是，浪涛终于将我们抛向了对方。我立刻用双腿钩住了他，旋即被海浪一起拖下了水。我们在水下翻滚旋转，接着又被再次抛出水面。好在我们奇迹般的始终没有被分开。

"抓住绳索，先生！"我喊道。他似乎没有听见。他的眼睛几乎是闭着的。落水之后，他甚至没有咳嗽过一声。我拖着他贴附于绳索，然后腾出一只手用力拍打他蜡黄的脸颊。

"绳索，先生！达尔文先生！"我不断重复。

他的眼睛睁开了，却茫然而空洞。我快抓不住他了。

"查尔斯·达尔文！"我用尽全力对着他的脸大吼。主人似乎清醒了，喷呛出一大口海水。他回过神来，看到了我。我一把抓住他伸出的手，将他僵硬的手指环握在绳索上，然后是另一只。我用力猛拽了一下绳索，罗宾斯立刻向后拉。我们被拖曳着朝一个方向费力前行，可大海却朝另一个方向吞噬着我们，它试图把我们困在其中。但我们仍在奋力向前。现在，我们要做的就是坚持下去，一定会成功的。

又一波白浪重击身侧，我的一只手被扯脱了绳索。达尔文先生的脚撞到我的肩膀。接着，我的另一只手也渐渐抓不住绳索了。即使我咬紧牙关，紧握拳头，还是坚持不住了。大海猛地攫走了我手中的绳索，随即我就被海水淹没。

泡沫翻腾，我在没有空气的世界里急速旋转着，肺火烧火燎的。当我终于喘着粗气浮出海面，达尔文先生、绳索、小船、小猎犬号都已不见了踪影。

第三章

大雨再次如诺亚洪水般滂沱而至。天空与残暴的蓝灰色大海融为一体,积云仿佛巨大的打火石互相撞击,闪着灼灼电光。我毫不怀疑,每一波袭来的海浪都能将我了结。我一次次在水里翻滚,分不清上下。回忆闪过脑海……我回到多年未曾想起的往昔……那天,他们埋葬了年轻的凯蒂·詹金斯,她溺死在老贝德福德河里。爸爸曾带我去过那条河。

褐色的水灌进了我的眼睛,我的嘴,向下拽着我。我挣扎,惊惶,沉没。除了泡泡的轰鸣声,我什么都听不见,直到遥遥传来爸爸低沉的声音。

"踢腿,西姆斯①!使劲儿踢腿!"

我用全身的力量猛踢水,终于冲破水面。我一边咳嗽,一边抽泣。突然,一双强劲有力的手抓住了我的上臂。

"孩子,现在你会游泳了。你要做的就是,游下去,绝对不要放弃。"

我猛地钻出水面,剧烈地咳嗽着。希望爸爸能感到满意,他的儿子已经知道怎么游泳了。

我真想看见小船啊。可据我所知,它已经被浪涛掀翻了,船上的一切都消失了……我甚至不清楚达尔文先生会不会游泳。但我知道很多水手不会。不!我必须相信,我必须坚信,达尔文先生抓牢了绳索,罗宾斯已经把他拖上船了。

我一次又一次地钻出水面,如同一个浑身浴血不知道该何时放弃的拳击手。终于,海浪开始上下翻滚,我感觉到脚下有参差不齐的礁石。我在汹涌的浪涛中竭力保持站直,但也仅能看见前方一小片区域。透过

---

① 西姆斯,指西姆斯·科文顿。这是父亲对他的昵称。

我那被海盐刺痛的模糊泪眼，那看起来不过是一块若隐若现的巨大黑色岩石。但它对我来说就是希望。

挣脱不知餍足的大海，我费力地爬到岩石顶上，随即又连滚带爬地闪避鬣蜥。这种海蜥蜴遍布于加拉帕戈斯每座岛屿的岩石上，就像大扫除时随处可见的湿乎乎的抹布。其中一只鬣蜥仰起皱巴巴、短而翘的脸，从鼻孔向外喷水，但另外几只对我毫不理睬。小猎犬号的指挥官菲茨罗伊船长称它们为"黑暗的小恶魔"。但我知道，它们的天性一点儿都不坏。

大雨肆虐中，我浑身颤抖着站了起来，这让我相信，我还活着。我浑身是伤，到处流血，但伤口不算深；我双腿摇摇晃晃，但还能走路；我只剩一只靴子，但我还能保持理智；我失去了我的主人，我的船，甚至我的小提琴，但我活下来了。

我在哪儿？

因为这里有鬣蜥，我断定这里至少仍是加拉帕戈斯群岛。前方仡立着一座巨型大山，它比我见过的任何火山都要大。通常情况下，多数岛屿的高地上，常常覆盖着茂密的植被。但这里不同，黑色的火山岩平原蔓延而上，沿途是一些刚发芽的植物，如秃鹫头上的羽毛一样稀疏零落。我很确定,自己从没来过这里。

我蹲下来,抱着膝盖尝试思考。今天早晨,我们还在阿尔伯马尔岛的西海岸。但狂风骤雨中,我无法知道自己被冲到了哪里。我试着在脑海里描绘群岛的地图,但思绪愈发混乱。我可能到了阿尔伯马尔岛的另一侧海岸,也完全可能被冲到了另一座岛屿。在我们到访的加拉帕戈斯群岛中,这里看起来最为荒芜凄凉,这滂沱大雨使它更加面目可憎。

被冲上海岸的轻松感在我心里很快就消失了。

第四章

我 蹲在黑色的岩石上,又惊又怕,浑身冰冷。我颤抖着,直到牙齿也开始打战。

我脑海中浮现出达尔文先生的脸,那是我最后一次看见他——如幽灵般苍白的脸色,紧握绳索的手,惊恐瞪大的双眼。如果在他落水前,我就及时赶到该多好……我早该预见这些。可是,即使我的主人被拖上了船,小船也得救了,小猎犬号会不会在暴风雨中沉没?

如果我的主人年纪轻轻,就在旅途中丢了性命该怎么办？他所有的观测结果和测量数据，乃至所有的新锐观点都会消失……

我把手放到胸前，平复心跳。任由自己这样想下去，一点儿好处都没有。爸爸在教我小提琴时曾说："如果你拉错了一个音符，儿子，呼吸，保持呼吸，深深吸气，慢慢呼气，不要太快，一步步来。深呼吸，假装这是你人生中最好的表演。你要继续演奏，保持像砖一样①。"

这才是我现在要做的。我缓慢地吸了一口气，一步一步摆脱焦虑，直到情绪平复下来。我站直身体，不再蜷成一团。

保持像砖一样。

达尔文先生还活着。他会顺利返回小猎犬号。然后他就会来找我，罗宾斯也会来。菲茨罗伊船长会弄清楚风向和风速，并用他神奇的航海设备和地图，计算出我的大概位置。我只需保持冷静，在他们找到我之前努力活下去。

我强迫自己环顾四周，集中精力关注我所看到的

---

① 像砖一样，是英国维多利亚时代的一句俚语，形容一个人勇敢、无畏的状态。如：一个像砖一样的女孩。

一切。就像第一天,达尔文先生让我做他的贴身侍从时所说:"你要学会观察和适应,科文顿。开放的眼界会带来开放的思维。"

我为多次探险做过准备,知道哪些物品是必需的。但以往做准备前,我都有详尽的计划和充分的补给,眼下却一无所有。怀念不存在的厚帐篷只能让我徒增伤感,并不能帮我找到水。不过这倒提醒了我,加拉帕戈斯群岛中的大部分岛屿上都没有淡水资源。转瞬之间,倾盆大雨就从我的敌人变成了最亲密的朋友。我仰面朝天,张着大嘴,让雨水滚落进我的喉咙,直到脖子抽筋,肚子胀满。

大雨给周遭的一切都蒙上了灰色的面纱,让人很难判断出时间。但西边的天空有一小块云比其余的要亮一些。我猜测现在是下午了,要抓紧时间在天黑之前找个庇身所了。

零零星星的绿色植物一路延伸到火山。我挣扎起身,拖着疲惫的双腿,磕磕绊绊地朝内陆的火山走去。哪儿都比我周围光秃秃的岩石要好。

一声惊天动地的尖叫吓得我捂住了耳朵。那声音仿佛刺穿了我的骨头,让我一个踉跄又扑倒在地。

这究竟是怎么回事？

一道阴影从上空掠过，瞬间遮住了不断掉落的雨滴，接着一阵狂风向我袭来，我赶紧捂住了头。这时，第二声令人作呕的尖叫响起，仿佛击穿了我的耳朵。究竟是谁能发出这样尖厉、恐怖的叫声？一只鸟？军舰鸟和信天翁是很大，但……

我刚摇摇晃晃地站起来，抬头搜寻着天空，却被遽然扑倒。不知什么东西将我从肩膀到腿牢牢地抓住，就像猫头鹰猛地抓起一只老鼠，我就这样匪夷所思地被拉上空中。

第五章

数秒前才登上的岩石被远远地抛在了下方。我脸朝下,身体斜向一侧,被裹挟着越飞越高。风在耳边呼啸着,雨水飞进我眼里。这一切会不会只是我的幻觉?我疯了吗?海上的磨难让我幻想出这场华丽的飞行?我在空中踢蹬双腿,可手臂被钳着牢牢贴在身侧,整个身体都被禁锢住了。我试图扭动着挣脱束缚,随即意识到自己身处高空,这也许不是个好主意……

我努力让自己急促的呼吸慢下来。保持呼吸,吸气，呼气。再强迫自己放松双腿，任其自然垂落。我低下头，想看看究竟是什么在抓着我。一双和我的前臂一样长的巨大爪子，青铜色的脚趾上长着鳞片。我的前胸至大腿根都被它们死死地钳着。

而正是这些骇人的爪子，使我没有掉到下方的岩石上摔死。

我成了一只会飞的捕食者的猎物。一只大鸟，或一只野兽——我无法分辨。

我听到自己发出了一声哽咽，像是哭泣的声音，也像是狂躁的笑声。透过泪眼，我发现我们正朝大海的方向越飞越高。我再也无法控制自己，惊恐地乱踢起来。我的靴子掉了，在空中打着转，砸到岩石后又弹了一下。我的脑壳掉下去可弹不起来。

保持像砖一样。

巨兽扇动着翅膀，听起来就像船舶航行时船帆发出的轰鸣声和吱嘎声。我抓紧它的爪子不敢松手。我们已经到了海面上，如果我掉下去，会有生存的机会吗？这个高度，海面会不会和岩石一样坚硬？

当捕猎者像支箭似的俯冲而下时，我情不自禁地尖叫起来。太快了，一切都变得模糊不清，风呼啸着钻进我的耳朵……接着，爪子松开，我被扔了下来。

只有空气包裹着我。

我在空中上下翻滚，乱踢乱打，却触不到任何东西，随后便重重地砸落到水面。我以为野兽会将我抛向一块岩石，就像一只鸟为了打碎贝壳，把它扔到石头上那样。我从未想过自己有一天会心甘情愿地坠入大海。虽然我被海浪重重包围，但我仍感到如释重负。我用尽全力踢腿，游到水面。一个浪头拍打过来，我喝了一大口水。可我还活着。为了这个奇迹，我一遍遍地感谢着上帝。

我的全身都在疼，但我仍竭力游上岸，再次爬到了黑色的岩石上。我一边大口喘气一边大声咳嗽，接着，我翻身躺在了一群漠然的鬣蜥中间。我仰望天空，试图搜索野兽的踪迹。但是，一无所获。它到底是什么？风声渐息，雨也停了。岛上的暴风雨突然就结束了，就和它来时一样。如果在阿尔伯马尔岛时，达尔文先生和我能等一等就好了……

就在我胡思乱想时，一个庞然大物猛冲向我。这只野兽又回来了。天空灰蒙蒙的，我只能看出它的轮廓，无法看清任何细节。但它的翅膀和小猎犬号的船帆一样大，关节处还不可思议地长有尖角。它脑袋的形状和我见过的任何鸟类都不同。它再次向我袭来。我仓促起身，但它扑过来的速度实在太快了，我甚至来不及逃跑。

我又被那不可名状的爪子攫住，带离岩石。这回我不再保持安静，而是连扭带踢，不停大叫。它迅速丢下了我。这次我距海面没有那么高，但坠落地点却离海岸更远了。

当我再次爬出大海，它甚至不等我靠近海岸，就又把我从浪花中拽了出来。

第六章

我在一处陡坡上再次被巨兽带上天空,接着又被迅速丢入大海。这一回,我在跌落时没有反抗,着陆时还轻松了点儿。巨兽在头顶盘旋着,我在离海岸不远的地方停了下来,决定暂时不上岸。我必须得采取点儿行动了。我不能一而再,再而三地被它抓住再抛下。这会要了我的命。海面上有一大坨由海草和浮木盘错纠缠而成的漂浮物。我躲在它下面,从中间探出头。湿乎乎的海草叶子像顶假发似的黏在我头上。依靠这层伪装,我在海上漂浮着,暂时安全。

除了自己的命，我什么也不剩了，但我并不打算就此放手。透过杂草，我盯着空空如也的天空，大脑飞快地转动起来。

除非这只巨兽喜欢把食物放进海水里腌制，否则它可能根本不打算吃了我。现在我已经精疲力竭，只能沿着海岸缓慢地游。浸泡在海水里的我拖着自己的伪装物，就像一只寄居蟹躲在壳里。

我等待着……每当我以为它真的离开时，它又会再次返回，在高空盘旋，如同利箭在弦，随时准备发射。它为什么这样对我呢？它的所作所为对我没有任何伤害呀？

"你可以很轻易地杀死我。"我咕哝着，"但你没有，对吗？你把我身上弄得青一块紫一块，但连我的皮肤都没有抓破。你在耍我玩吗？像猫逗耗子那样？还是我出现在你的岛上，让你怒不可遏？可我几乎别无选择，不是吗？"

大声说出自己的想法让我能重新开动脑筋。达尔文先生的"打开眼界，放开思维"说得很有道理，但我始终搞不明白这只巨兽和我有什么关系。我透过海草观望，它仍在最后抛下我的地方盘旋着。看来我的伪装奏效了。

它的轮廓很怪异，有根像蛇一样的长尾巴，四肢末端长着像爬行动物一样的强劲有力的爪子。它的翅膀更像蝙蝠，而不是鸟。它时而斜飞，时而俯冲，沿着海岸线搜寻我的踪迹。我在海草窝里藏得更深了，只把眼睛和鼻子露出水面。

巨型象龟的个头也很大，但我不知道有什么生物的大小能接近这只巨兽。过去，我只是船上的侍者兼小提琴手，读书和音乐是跟爸爸学的，后来又在教堂后院一位夫人办的家庭学校学习。但现在，我是达尔文先生的贴身侍从。此次航行中，我从他那里学习到了很多有关世界生物的知识。我的思绪飘回到很久以前，那是在阿根廷蓬塔阿尔塔的悬崖上，我帮达尔文先生挖到一些巨型骨头。他解释说那些骨头是已经消失的古动物的骨骼。我起初还有些怀疑，直到帮他把一个头骨捆扎到马车上后，我才真正相信。那个头骨的尺寸几乎和我一样大。我记得当时曾暗自感慨，只有在那么荒凉偏远的地方，才能发掘出如此奇迹。

这么说的话……加拉帕戈斯群岛可足够荒凉偏远了。

这个在天空翱翔徘徊的家伙，会是活化石吗？这是我在水里上下起伏，祈祷着自己千万别被发现的窘境下唯一能想到的解释了。

内陆的火山顶开始冒烟，巨兽朝它飞去。在它消失后，我又强迫自己继续在水里待了很久。

我曾听菲茨罗伊船长和达尔文先生谈起，早在1525年，一位西班牙神父的船被风吹离了航线——有点儿类似我的状况——在经历了激浪和迷雾后，他发现了这些岛屿，并把它们命名为：Las Islas Encantadas，意为魔法岛。

如果一只会飞的巨兽需要一处秘密家园，那么，加拉帕戈斯群岛再合适不过了。

第二部

对整个爬行动物大家族而言,这些岛屿就是天堂。

查尔斯·达尔文
《小猎犬号日志》
1835 年 9 月 17 日

第七章

太阳消失后,我终于鼓起勇气卸下海草伪装,拖着疲惫的身体上了岸。风已停歇,几缕银色的残云懒洋洋地飘过半圆的月亮。我忍不住担心,那只会飞的巨兽会将我再次抓住并丢入大海,而且这回是在夜里。我的嘴唇被海水泡裂了,耳朵嗡嗡作响,指尖皱得像树皮。

我的两只靴子都丢了,但好在我还活着。

我磕磕绊绊地穿过岩石,身体逐渐暖和了些。比起我第一次上岸的地方,这里的鬣蜥数量明显少了,取而代之的是细纹方蟹。它们在岩石上窜来窜去,就像一块会动的碎布地毯。它们移动的响声,奇怪地让我想起了主日学校①老师不满意地咂巴嘴声:啧,啧,啧。我需要隐蔽。我蹲下身,在内陆和大海上空搜寻着巨兽的踪影。毫无动静,这说明目前我是安全的。忽然,我看到有什么东西在海浪中翻滚。那个形状很眼熟……

我踉跄着回到海里,捞起那个磨损严重的破旧盒子。它的盖子仍是闭合的,蜡封也完好无损。我一把将它抱进怀里。那一瞬,哪怕我得到的是把刀、打火石或其他任何急需的物件,我也不会比现在感到更幸福了。因为,我不再是孤身一人了。

达尔文先生或许对我的音乐不怎么感兴趣,但水手们热爱海员小调。这也是我最初登上小猎犬号的原因。年轻的主人说得没错,它不是最悠扬的乐器。但它曾属于我的爸爸。

"如果你能活下来,刮擦器,那我也能。"我哽咽着小声说。因为小提琴对我来说无比重要,可我知

---

① 主日学校,是英、美等国在星期日为在工厂做工的青少年进行宗教教育和识字教育的免费学校。兴起于18世纪末,盛行于19世纪上叶。

道，经过这么大的风浪，它一定被毁了。不过尽管如此，我还是对所获之物心怀感激。

我趔趄着走回岸边。云掠过月亮，周围黑得可怕。我想象着小猎犬号上的其他人正在船上修补绳索，抽着烟斗。他们一定会想念我的吉格舞曲。没有我的伴奏，赞美诗听起来也会很乏味。但这些能让他们来找我吗？我必须相信他们。我得生堆火，向他们发出信号。一旦天气允许，达尔文先生就会让他们划船来这儿。如果主人还活着的话。

他当然还活着。现在，他们都安然无恙地待在小猎犬号上。

我想起了两年前袭击小猎犬号的那场狂风，当时我们正绕过智利最南端的好望角。暴风吹倒了桅杆的横梁，正砸在船舷一侧，差点儿将船掀翻，当时半个甲板都被浸在水里。船体摇摇欲坠的那一刻，大家都和我一样，认为这回彻底完了。但它却出人意料地浮了起来，海水则从舷口流了出去。想到这儿，我不禁笑了。小猎犬号能轻松战胜一场普通的风暴。

经过矮草丛时，我加快了脚步——对我的赤脚而言，这里舒服多了。抬眼望去，天空依然毫无动静。

可我还是感到心跳加速，担心被再次袭击。

远处的火山笼罩在一片红光中，火山底部也燃起了一阵烟雾。火山是活的！达尔文先生一直说他很想亲眼见证一次火山喷发。他可以保留这个愿望，祝他好运，但这是我目前最不需要做的事情。我紧紧抱着刮擦器，迈步疾走。现在可不是抓狂郁闷的时候。

保持像砖一样。

我发现了一株仙人掌，但不知道它的名字。它应该属于较高的仙人掌种类。它中间是主枝干，顶部两侧各长着一个分支，看起来就像船长桌子上的黄铜大烛台。侍奉长官们周日晚餐时，我曾见过那种烛台。尽管仙人掌几乎不能从顶部掩护我，且尖刺也意味着我连倚靠它都不行，但我还是在它下方坐了下来，这总比坐在旷野里好。我的一双腿就像鳗鱼冻似的，已经迈不开了。我把小提琴盒子放到了膝盖上。当它倾斜时，我发现里面并没有水流出来。我不敢怀有期待，也不想现在就看到刮擦器的毁灭。我还是留到早晨再看吧，那时心情能平稳一些。

没有食物，没有储水袋，没有刀，没有打火石，也没有帐篷。那些我平时为海岸探险准备的物品，一样都没有。尽管多年前我离开英格兰时就一直盼望着冒险，但不是像现在这样。

我将刮擦器的盒子抱在怀里，脸贴着它潮湿的木板，闭上了双眼。我好像能感觉到小猎犬号在移动，仿佛又回到了船上。我多么期盼自己是在甲板下的吊床里啊。小猎犬号的嘎吱声，船员的呼噜声，组成了一首奇异但熟悉的催眠曲。但不知怎的，在这个周遭遍布黑色火山岩的地方，在这株长满利刺的仙人掌下，我还是睡着了。

我从落水的梦魇中惊醒过来，可怕的一幕幕在脑海中闪回着——失去了对绳索的控制，被放逐，会飞的巨兽，空中的奇异之旅……是什么东西弄醒了我？

一个奇怪的声音——介乎于咆哮和鸣叫之间——听起来很低沉且近在咫尺。

有什么东西碰到了我的腿。

第八章

月亮被云掩住了,夜色很浓。我只能隐约看到脚下有团影子。一团浓重的黑影,大得令我害怕。我缓缓抽回了脚。达尔文先生曾告诉我,面对野兽时最好保持静止,以免进一步刺激它。我尽力让自己的心跳慢下来。不过达尔文先生并不在这儿,他也未曾见过那只巨兽将我拽上空中,所以他的知识现在不大管用。

影子和我都没有动。这是一场对峙——谁会先出击?我缓慢地抓起两把黑土,尖叫着一跃而起,朝野兽的方向猛掷过去。我正拔腿要跑，月亮离开了云层，我看得更清楚了些。

起初，我认为它是一只海鬣蜥。借着月光，我能看出它是一只爬行动物，但体形比我想的要小一些，和一只大家猫差不多。我松了口气，如释重负。尽管小型动物可能出人意料得凶猛，但这只动物杀不了我，至少没那么容易。

它正用一双前爪揉眼里的灰。它的脸呈锥形，像狐狸那样，一定是某种蜥蜴。但它的双腿也像家猫的腿一样，直立在身体下方，不像群岛上其他的爬行动物，腿叉在身体两侧。月光映照下，它光滑的绿鳞看起来更像是蛇的鳞片。一条尖背棘顺着它的后背一直延伸到长长的尾巴尖。虽然我受的教育有限，无法跟上达尔文先生所有的思想。但作为他的助手，在过去两年半的时间里，我密切关注、收集和观察了数以千计的动物。我很确定，它不是我们之前见过的任何一种蜥蜴。

我轻轻抱起小提琴，向后退去。我们互相盯着对方。它的眼睛又大又圆，在月光下闪着黄铜一样的光。

它朝我迈了一步，摇晃着脑袋，又发出了那种介于咆哮和鸣叫之间的声音。

我们遇见的所有生物,对人类的反应不外乎两种,要么是完全恐惧,要么是漠不关心。如果它们很了解人类,就会明智地立刻逃命。如果它们有幼崽要保护,或许会发起攻击。可这只蜥蜴没有做出以上任何一种举动。它摇晃着脑袋,打了一个奇怪的小喷嚏。我突然后悔把土扔到它脸上了。

"我不是有意伤害你的。"我发现自己小声嘀咕着。

这只蜥蜴仰起鼻子嗅了嗅,随即朝我身后的内陆望去。一阵猛烈的震动传来,我脚下的地面开始如波浪般起伏。我咒骂着,一边跟跟跄跄地保持着平衡。一团团闪耀着红光的橙色烟雾从火山顶迸射而出,大地再次震颤。一阵可怕的嘎吱声穿过我的赤脚直至胸口,再到喉咙,震荡着我的下巴和眼球。

天哪,这整个岛都是座火山!看来它和那只巨兽都不希望我在这儿。

我转过身,看到那只小蜥蜴正昂首阔步地朝大海走去,连头都不回。

大地终于安静下来,但火山上空的烟雾仍闪着地狱般的橙光。实在太倒霉了。在岛上遭遇了海难不说，这儿还有会飞的巨兽和一座活火山。

我把头靠在刮擦器上。"我想知道岩浆的流速有多快。"我对浸水的小提琴嘟囔着，又沉沉地睡着了。

我能活到答案揭晓的那天吗？

第九章

我在深蓝的晨曦中醒来,恍然想起了自己身处何地,立马用手肘撑着站起身。火山顶不再橙光四溅,取而代之的是黑烟和白色的蒸汽。大地也停止了晃动。四周没有那只巨兽的任何踪影。难道它只是我的想象?真希望如此。

天色大亮,可以看清地平线了。我在海面上搜寻着小猎犬号的踪迹,但什么也没发现。不过现在至少已风平浪静,是个他们出海寻找我的好天气。我爸爸常说,事情在早上总会看起来好一些。

我的肚子咕咕直叫。在小猎犬号上时，食堂八点钟会准时供应早餐。不知道船长会不会和达尔文先生一起设法寻找我的下落。船上的男人们在喝着热腾腾的燕麦粥，搭配着从利马购买的浓稠甜蜜的糖浆时，会不会谈起我？罗宾斯会为我掉下小船而深深感到沮丧吧。此时我不得不咽下对他们的思念。

这片灌木丛里没有任何能吃的东西。我站起身搓了搓脸。刮擦器潮湿的木盒子在我脸上留下一块黏糊冰冷的印子。面对这件损坏的乐器，我还是不想打开盒子。我把它系在背上，多少能感到些慰藉，然后定下神来努力思考。

加拉帕戈斯群岛海域有丰富的鱼类和海龟，可我没有捕捞工具。达尔文先生曾吃过鬣蜥，但人们通常认为它们是不可食用的。或许我能想办法做一根渔叉，可没有淡水，咸咸的海鱼会让我口渴难耐的。

好在火山顶没有再次活跃的迹象，空中也没有巨兽的踪影。我可以在岸上等待救援。但如果野兽回来了，它一眼就能看见我。我需要发个信号，生堆火。生火需要木头，还要想办法让它燃烧起来。没有别的选择了，我只得朝内陆走去。

暴风雨过后，乌云迅速散去。零星的雨点不时洒落，我贪婪地张开嘴吞咽着。可是雨量太小了，根本不解渴，我的嘴又酸又黏，非常不爽利。此时此刻，我多么渴望有一杯茶啊，或更奢求些，一杯爸爸沏的茶。我六岁那年，爸爸去世了。但我依然能回忆起那浓浓的茶香，混合着我的小白镴杯子的金属味，和他专门为我保存的糖屑。爸爸去世后，我喝茶的日子就结束了。我开始和姑姑一起生活。她会让我泡很多茶，但我连尝口杯底剩茶的机会都没有。如今每逢扎营，我都会为主人在火上煮些简单的茶，茶水从未短缺过。历经那么多次探险，我一定煮了上百回热气腾腾的茶了。

我们那时总携带着很多装备，可现在我一无所有。我对自己摇了摇头，沦落至此，居然还想着茶。

走到一片熔岩区域时，我暂时停下了脚步。放眼望去，纯黑色的熔岩流远远延伸至内陆，比我见过的大多数熔岩流都要平滑一些。这样一来，它就不会把我的光脚割得稀烂了。它流到这里必定有段时间了，因为地面上有熔岩坑，还有烟囱似的粗阔洞口。达尔文先生称这种洞口为火山喷气孔。但这些喷气孔已停止喷发很久了,不会再从大地深处向外喷射烟和蒸汽了。许多带刺的仙人掌在它们内部和四周生长着。远处或许还有一些我昨天没能看到的草木。天空依然晴朗,火山也很平静。当我离开这些喷气孔时,眼角的余光扫到一株仙人掌在摇晃。我停下来看了看,什么都没有,那一定是风吧。

"呃,我有点儿紧张,这应该不足为奇。"我自言自语给自己壮了壮胆儿。

紧张?你怕得肚子都疼了吧。

我脑海中响起了刮擦器的声音。过去,每当我因为拉错音符而怪罪它时,小提琴就会做出类似的回应。

"如果我确实害怕,那该怎么办呢,刮擦器?"我一边回答,一边用力拉了拉琴带。

你自己当心些,笨手笨脚的大铆钉。我已经受够你了。

我笑着耸耸肩。爸爸过去常常叫我笨手笨脚的大铆钉。然后,他会笑着揉乱我的头发,表示他不是认真的。

我继续向前走,却感觉有什么东西跟着我。这让我想起了在家乡贝德福德的小巷和邻居们做的游戏:

老狼,老狼,几点了?

不,野兽不会跟踪人,除非它们习惯了被人喂养。而据我们所知,这些岛上没有人类居住。查尔斯岛[①]有一小群殖民者——达尔文先生曾计划拜访那里的总督——但我无法想象有人会居住在这样一个荒凉的地方。

我的确感到肚子疼了。内心的恐惧时刻跟着我,如影随形。

[①] 查尔斯岛,也称圣玛丽亚岛,是东太平洋加拉帕戈斯群岛最南端的岛屿之一。

第十章

  内陆粗犷的黑土地上长满了灌木丛，也生长着遍布加拉帕戈斯群岛的刺梨仙人掌。我欣喜若狂，一想起那甜蜜多汁的果实，就忍不住垂涎三尺。但想要摘个果子的话，我得有把刀才行。仙人掌浑身都是尖刺，像针垫上插满了针似的。而且它的果实上也长满了浓密的毛刺，那会令人发痒起皮疹。食物就在眼前，却无法得手。一定会有办法的。

  我在地上四处寻找，发现了一根小木棍，比干草秸大不了多少。我用它戳了戳果实，小木棍子咔嚓一声就断了。

意料之中。

"上帝热爱勇于尝试的人。"我从牙缝里挤出几个字。

我放下袖子，手小心地从两片肥厚的肉质茎叶间穿过。我摸到果实了，还没被刺扎到，不禁咧嘴笑了笑。我又用手指钳住果实的根茎部，再一拧，但完全行不通。手缩回来时就没那么幸运了。由于动作太快，三根刺扎进了我的皮肤。我痛得脚步踉跄，向后摔了个跟头。

你这个笨拙的——

"——大铆钉。是的，我知道。"我把刺从胳膊上拔了出来，"好吧，至少这里没人看见……"

不过就算船长的侍从戴维斯借此嘲笑我一整天或更久，我也不会介意的，只要我能再见到他们。小猎犬号是艘又小又挤的船，载有七十四个男人和男孩。但船长菲茨罗伊为人公正严明，我们大家在一起相处得很好。坏脾气的厨子菲利普斯，晚餐时会在我的牛油布丁里多加一份葡萄干。爱笑的戴维斯，常常因为我拉错音符而取笑我，但他比任何人都会唱民谣。还有强壮的罗宾斯,他的四个儿子都在英格兰,他总是很照顾我。

我很想踢一脚刺梨仙人掌,但我可不想脚上也扎满刺。我现在还不太饿,目前更重要的是找到水源和能躲避巨兽的地方。我需要找到一处高地来观察这座岛。周围的最高点是火山,可爬上火山绝不是个明智的想法。我的喉咙已经很干了,攀爬的过程又没有水,这只会让情况更糟糕。

我小声咕哝着。我不习惯凡事由自己做决定,我习惯了按照指令做事。

云渐渐散去,阳光炽热起来。我精疲力竭,瘫倒在地上。越过另一棵刺梨仙人掌渺小的阴影,我凝望着地平线,努力回想着鲁滨孙·克鲁索[1]是如何在荒岛活下去的。菲利普斯曾把《鲁滨孙漂流记》带到了船上,我和其他几个水手都很喜欢读这本书。他们更是读得滚瓜烂熟,都可以大声讲出其中的故事了。克鲁索被冲上岸时,随身带着一把火枪、一把刀和一个煮饭的锅。他真是个幸运的家伙。

---

[1]《鲁滨孙漂流记》中的主人公,本书于1719年出版,作者丹尼尔·笛福。

我检查了一下小提琴盒子，它已经干了，这就是我仅有的一切。如果里面的乐器完全毁了，我至少还能用它接雨水。我怀疑地抬头看了看湛蓝的天空，不忍心再往下想了——天黑以后，我可能不得不把它当柴火烧了。

趁还没有改变主意，我打开锁扣，划开了琴盒上的密封蜡。我几乎不敢看。在海上近四年的时间里，我一直小心翼翼地保护着刮擦器。我知道自己面对它的残骸时会肝肠寸断，我早已做好了心理准备。但出乎意料的是，小提琴完好无损！我咧开嘴大笑了起来，差点儿崩裂晒伤的脸。我摸了摸盒子里的毛毡，只有一点儿潮。我举起刮擦器，闻着它有些发霉却能安抚人心的老味道，将它放到熟悉的肩窝处，下巴贴着它。然后，我抽出琴弓，紧了紧马尾琴弦，深深吸了口气。

"陪着我，刮擦器。"我说。

你让我经受那么多磨难，你值得我陪伴吗？

我笑了，将弓拉过琴弦。声音听起来……和原来一样。琴弦的震动从我的下巴和双手开始，再蔓延到我疲惫身躯的每一处肌肉。在几声达尔文先生听到会严正抗议的聒噪声音后，我成功拉出一首欢快的吉格舞曲。我常常以此来提醒水手们，夜晚的表演即将开始了。

"别着急，刮擦器，我有点儿找不着调。"

作为回应，小提琴尖叫着发出一声尤为刺耳的声音。

我小心地调整着弦轴。

注意你的举止，年轻人……

我再次试了试琴弦，几乎都在调上，而且没有一根弦损坏。这就像个奇迹。我盘腿坐着，一边哼着曲子，一边拉了首欢快的水手小调来庆祝。

有那么一两分钟，我沉迷在美妙的旋律中，仿佛置身于任何地方——在家和爸爸待在一起，在贝德福德的街头卖艺，在小猎犬号上长官的船舱里。

我睁开双眼，昨夜的绿色蜥蜴正歪着脑袋，站在我面前。

第十一章

我停下正拉到一半儿的小提琴曲。那只蜥蜴抬起鼻子嗅了嗅,竖起了脖颈后由尖鳞组成的环状褶伞。我从未见过这种褶伞,看起来就像一个镶满了刺的头饰,不过上面少了一枚鳞片,留下一个缺口。接着,褶伞垂落下去,蜥蜴也随之背过身。我赶紧继续拉琴,当它再次转过头时,我差点儿笑起来。

蜥蜴身上的绿鳞很大,和我见过的任何一种爬行动物都不一样,更像犰狳身上的鳞片。绿鳞在仙人掌旁有很好的伪装效果。达尔文先生会称它的颜色为淡黄绿色，这出自他很喜欢的一本书《沃纳色彩命名法》①。不过蜥蜴的大眼睛是黄铜色的。我从来没有在沃纳的书里，或其他任何地方见过这种颜色。

当琴声响起时，我好像看到它狐狸状的鼻子随着音乐的节拍上下起伏。不，这不可能。

见到活着的东西，你太兴奋了吧。你或许都愿意给一只跳蚤拉小提琴。

我不想和刮擦器讨论这个问题。

拉完另一首水手小调后，我把小提琴放在了仙人掌的阴影下，好将它彻底晾干。那只蜥蜴凑近闻了闻，然后一屁股坐在地上，用前爪捂着鼻子。

"看来你喜欢它，对吗？"我问道，跟一只蜥蜴说话并没有让我觉得自己很愚蠢，"对不起，但我得先把小提琴晾干。"

我一边打开琴盒透气，一边继续观察那只蜥蜴。我差点儿忘记琴盒顶部还有一个小隔层，我在那里放了一些备用的琴弦，以及一块用来涂抹琴弦的琥珀松

---

①《沃纳色彩命名法》，是世界上第一本出版发行的色卡图表，被称为"达尔文的色彩指南"。沃纳是德国的地质学家，他创造了标准化的为色彩命名的方法。这种命名法则是一个重现性的方法，描述颜色时，一定要与现实中可见的动物和植物联系起来。让人可以直观地感知颜色。

香。琴弦很有用，我可以设法用它钩一个仙人掌果或者抓鱼。但当我打开小隔层，发现里面还有别的东西时，我的心狂跳起来。

达尔文先生的单片眼镜。那是昨天我们离开象龟时，我从地上捡起来的。太幸运了！我将它卡在眼窝处戴好。可惜它是用于近距离工作的，透过镜片，我眼前的世界变得摇晃，一片模糊。我真希望达尔文先生在这里。如果一名有身份的绅士在海上失踪了，大家一定会大张旗鼓地去寻找他。但一个出身低微，家中无人挂念的船舱侍者和贴身侍从……他们或许已经放弃我了吧。

那只蜥蜴仍盯着我不放。

"是。你是对的，我不会再那样想了。"我说道。

仅仅五分钟，我就得到了两样特实用的工具。这真是一件值得庆祝的事情。

"看到这个了吗？我见过有人用放大镜生火。"

你觉得在小猎犬号上能看见你在火山前生的火吗？

我转过身。火山顶喷出的浓烟已不再随风而散，而是在峰顶形成了一片黑压压的云堆。

"我可以生堆火烤鱼吃，还能把仙人掌果的刺烧掉。"我反驳道,"在海岸边,我会在熊熊烈火旁度过黑夜,这样船上的瞭望员就能发现我了。

这么多云,不会有任何事发生的。

天气炎热明朗,但薄雾已渐渐升起。没关系!我将手枕在脑后仰面躺下,让自己微笑。这是老把戏了。小时候,每当姑姑的心情比平时更糟糕,我就会更加想念爸爸。于是我便跑到大街上对着陌生人微笑,或早或晚,总会有人对我微笑。那时,我会感觉好一点儿,只一点点。

我仰起下巴,看到那只绿色的蜥蜴仍在那里。也许它正朝我笑呢,谁也说不准。

事情总会迎来转机。四年前姑姑把我锁在煤窖里时,我就是用这句话鼓励自己的。事实证明我是对的,我成功逃离了姑姑家,登上了小猎犬号。

太阳很快会让雾气消散。

啊! 我痛得尖叫起来,猛地站起身。那只蜥蜴还在那儿。我抓着脚,单腿朝后退了几步。为什么——这只小野兽要咬我?

第十二章

我连蹦带跳地躲到一旁,伤口火辣辣的,如针刺一般。那只蜥蜴一定有毒,或许和蛇的毒液类似。但它没有再次发动攻击,而是像一头准备冲锋的公牛那样刨着地。有什么东西在它的爪子下面来回扭动。一只巨蜈蚣!那才是罪魁祸首。

那令人厌恶的玩意儿和我的前臂一样长,身躯黑得发亮,腿上布满了黄色条纹。它在蜥蜴的爪子下最后挣扎了一下,随即一动不动了。

那只蜥蜴一直在保护我。

我的整条腿都开始痛，头也痛得仿佛灌满了滚烫的沥青。我颓然倒地。一阵剧痛袭来，我来回扭动，仿佛被再次攻击了似的。我必须即刻回想起有关这条蜈蚣的知识。记得几天前，我曾给达尔文先生的一个类似标本贴过标签，那是加拉帕戈斯群岛蜈蚣。达尔文先生说它可能有毒。这也是为什么即使在炎热的热带地区，我们仍然穿着结实的靴子、裹着绑腿。

疼痛如海浪般袭来。我稍微缓过点劲儿，赶紧把脚抬到眼前，强迫自己仔细观察伤口。我的脚后跟上有两个微小的孔，是咬伤。现在，被咬伤的整片区域都已经发红肿胀。我的脚仿佛与心脏相连，伤口突突跳着疼。

蜥蜴把死蜈蚣拨拉到一旁，脖颈上的环状褶伞也放松下来。它龇着小小的前牙咆哮着。我打了个寒战，以为蜥蜴会把那玩意儿吃掉。但它只是小心翼翼地用嘴把它叼了起来，再将这只死虫子甩到了空中。尽管蜈蚣已经支离破碎，它仍然追了过去，继续对着虫子猛刨地面。随后，蜥蜴摇了摇脑袋，就像一只狗甩掉身上的水。如果脚没这么疼，我可能早就对它的"暴行"捧腹大笑了。我的头仿佛在突突地跳，眼睛也像进了沙子似的难受。我从破烂的裤脚撕下一条布，用麻木僵硬的手指将它绑在伤口周围。我记得船上的外科医生拜诺先生说过，要尽快把毒液吸出来。

我弓起身子，呻吟着竭力把脚后跟放到嘴边，一边吮吸伤口，一边把血水吐到地上。我一遍遍地重复着。除了自己的血的铁锈味，我没有尝到什么奇怪的味道。现在，我的脚上还挂着两滴新鲜的血珠。

不管用了。太晚了。

我蜷缩在地上，捂着脚，浑身颤抖着，苦不堪言。

蜥蜴慢慢挪近了点儿，在我身边俯下身来。它眯着眼睛，虹膜仿佛铜箔似的灼灼发亮。但我发烧了，也许是自己的双眼被烧得出现了幻觉。我闭上眼睛，感觉天旋地转，就像在旋转木马上一样。

那天直到夜里，我都在颤抖，时而汗如雨下，时而又寒冷彻骨，忍受着头和脚上的一阵阵剧痛。我饱受梦魇的折磨。它拖着我回到那些几乎被遗忘的地方，我感到身临其境，又惊惧万分。我在中毒引发的幻想中挣扎沉沦。

我的过往人生仿佛在眼前重演。年老的水手说，这意味着灵魂要去见它的创造者了，除了让自己平静下来，已无计可施……

"奇异恩典①，乐声何等甘甜……"爸爸唱着赞美诗，我在旁边伴奏。小提琴的琴弦在我小小的指间轻颤，奏出悠扬的旋律。然后，爸爸的样子逐渐模糊，衣服也变得空荡荡的，接着化为一堆灰烬，飘散在我周围。而我也拉错了最后一个音符……

"亵渎神灵的小孩！因为基督徒的慈悲我们才收留你。吉格舞曲？流行音乐？在我的屋檐下，只能演奏敬神的歌曲。毫无用处的音乐害了你的父亲。"

我缩在姑姑家壁炉旁边的睡垫上，紧紧抱着我的小提琴。爸爸死于慢性支气管炎，这和他是小提琴手有什么关系？那时，我们借宿的地方很舒适，他工作的小酒馆也很温暖……

姑姑越变越大，直到充满了整个房间。她愤怒地咆哮，使劲从我手中夺走小提琴，一把甩到炉火里。我的身体如灌了铅一般沉重，只能看着小提琴和我的音乐，我爸爸的音乐，被火焰吞噬……

"你的耳朵很敏锐，小伙子。"征募新兵的海军

---

①《奇异恩典》最初由英国牧师约翰·牛顿作于1779年，是世界上最古老的基督教赞美诗之一。

官员说。他把一枚硬币抛进我的帽子里。

"谢谢您,长官。"

我不停地演奏着。我的手臂发僵,手指被磨出了深深的凹痕。我不想在某家商店的门廊下度过又一个夜晚。我只想有足够的硬币,能让我买个热馅饼,能让我在一个像样的小旅馆住一晚。路过的水手和他们的情侣投来了更多的硬币。

那个官员又回来了:"孩子,你多大了?"

"十一,长官。"我竭力把自己的肩膀向后挺。我还不到九岁,但就我的年龄来说,我已经很高了。

"嗯,"他摸着自己姜黄色的胡须,"一艘船就要开了,需要个小提琴手。虽然你年龄还小,但看起来很结实。你能努力工作,服从命令吗?"

我点点头:"我能,先生!船长,长官!"

一艘船!想不到我能……登上一艘船!

他离开了。硬邦邦的雨滴砸到我的皮肤上。我瑟缩了一下,发现那不是雨,而是从天而降的一连串硬币。它们堆满了我的帽子,滚落到码头。我连滚带爬地去捡。我举起其中一枚,观察它在阳光下闪闪发光的样子。那是最闪亮的新版铜法新[①]。

"法新。"我哑着嗓子说。我被自己说话的声音惊醒了。

[①] 法新，1961年以前的英国铜币，相当于四分之一便士。

第十三章

我睁开眼睛,坐起身来,只觉得浑身疲软虚弱。那只绿蜥蜴正在对面,用它新铜币似的眼睛盯着我。阳光明晃晃地刺痛我的双眼。

"法新。"我重复道。

我舒展着麻木的胳膊和腿,发觉头痛的感觉消失了。我不再发抖,可舌头黏着上颚,焦渴难忍。蜥蜴嘴里叼着个粉色的东西,并将它放到了我的脚下。

一个成熟的仙人掌果。它的刺已被拔掉,果皮裂开,露出里面鲜嫩多汁的果肉。我体虚乏力,颤颤巍巍地爬向食物，用手指掏出果肉，连皮带籽地把所有东西都塞进了嘴里。那只蜥蜴，法新，就那样直直地望着我。

我的肚子被这一小块食物唤醒了，一直在咕咕叫。我的大脑也被唤醒了。这是真实的世界，我已再次逃过死亡，至少目前如此。不过水果的汁水让我知道自己已极度缺水。

那只蜥蜴真是非常聪明的小动物啊！它杀死蜈蚣，生病时陪伴我，现在还为我找食物。只有最机敏的、训练有素的狗才能做到这些，或许还能算上会数数的马，就是那些在马戏团表演的马。

"你有主人吗？你是……一只宠物？"我说。

听到我说话的声音，蜥蜴把头歪向一边。

有人住在这儿？不可能。但是野生动物根本不会这样做。除非……我想起一群鼠海豚在小猎犬号一侧畅游的情景。达尔文先生对此评论说，它们似乎有意寻求人类的陪伴。

我还处于中毒后的混乱状态吗？这一切只是我谵妄的一部分？若果真如此，这情景也比昨夜的噩梦好多了。

"谢谢你……法新。"

小蜥蜴把头歪向一边,打了个响鼻儿。然后,它穿过刺梨仙人掌平原朝大海走去。我四处望了望,看看有没有巨兽的踪影,随即一瘸一拐地跟在它身后。

老水手错了。我的一生确实在眼前闪过,但我还没准备好与我的创造者休战——至少目前没有。

毕竟,我从来都不是容易妥协的男孩。

第十四章

  白色的薄雾下，太阳高高升起。地表的空气在正午的热浪下荡起层层涟漪。四周没有任何巨兽的踪迹，我几乎要说服自己，它只是我的想象。但是，我仍能感到自己被它的爪子牢牢钳着，风扑面而来，然后我被它从空中丢入大海的感觉。法新在一个烟囱状的火山喷气孔处停下来。和其他所有的喷气孔一样，这个喷气孔也是死的。一株尚未结果子的刺梨仙人掌从这里冒出头来。一只小黑鸟在啄食它的黄花。我注意到，和其他在鬣蜥和象龟身上啄食螨虫的类似雀鸟相比，这只黑鸟的喙更长更尖。我深深沉浸在观察当中，忘记了自己身在何处，差点儿就要向达尔文先生指出这个新发现了。我和主人相处久了，独自一人的感觉很别扭。呃……也不完全是一个人。

我叹了口气："法新，花儿对鸟很有用，但对我没啥用。"

法新站在喷气孔的边缘，久久地盯着我。

我耸了耸肩，朝里面望去。刺梨仙人掌的根部周围都是水。这个喷气孔简直就是个蓄满了雨水的黑色石桶！我捧了些水，倒进嘴巴，温暖新鲜，一点儿也不咸。我纵声大笑，捧着水大口大口往嘴里灌，直到肚皮溜圆。

水中的倒影凝视着我。我浓密的黑发凌乱怪异，深色的眼睛充满野性。看来海上的遭遇让我变得更坚强了。但破破烂烂的衣衫，脏兮兮的皮肤，让我看起来像个路边的流浪儿。我和倒影互相做了个鬼脸。

"嘿，你真是个很棒的小家伙，对吗？"我对法新说。

蜥蜴把头歪向一边。它把脖颈后方的棘刺状褶伞舒展开来，仿佛戴上了一个小小的王冠。它看上去好像在为自己骄傲。

喝完水,我头部的钝痛感逐渐消失了。在跟着法新前往刺梨仙人掌地区时,我感觉脚上被蜈蚣咬伤的小孔也好了很多。当它为我摘下另一枚果实后,我断定,法新一定是"她",线索就是她淑女似的采摘技巧。这只小蜥蜴先闻一闻,再挑一枚又粉又黄熟透了的果实,绝不碰坚硬的绿果子。真聪明。她用前爪极其优雅地——就像一位精致女士品茶时翘起的小手指——刺进果实,再将它从坚硬的枝干上拧下来。接着,她把战利品放在地上来回滚动,以便去掉毛刺,再用优美的前爪将它纵向切开,最后用口鼻把剥好的果子轻轻推给我。达尔文先生会怎么看待她呢?我想起了在葡萄酒桶里保存的上百个标本,不禁打了个寒噤。

在连吞三枚小蜥蜴推来的果实后,我感到神清气爽。

"感激不尽。"我欠身说道。

小蜥蜴缓缓靠近了些,眯缝着眼,望着我伸向她的手。我用两根手指轻轻触碰她的肩部,她并没有闪躲。她的鳞片就像层层叠叠的指甲,一点儿也不像遍布在海岸线的那些黑鬣蜥的又粗又皱的表皮。

一只大蜻蜓掠过我们头顶。法新朝空中跃起,但蜻蜓倏地飞走了。法新扑了个空，摔了个四脚朝天。她瞥了眼自己的尾巴，似乎把它误认成了蜻蜓，于是一边追逐，一边低叫着扑咬尾巴。随即她就打了个响鼻，扑通一声倒在地上。我放声大笑。她好像……一只长着绿色鳞片的小狗。她突然停下来，摇摇脑袋，竖起了环状褶伞，并再次打了个响鼻，似乎在说我怎么胆敢嘲笑她。于是我赶紧抿上了嘴。多么奇特的小生物啊。

我叹口气，又看了一会儿法新的滑稽表演。我已经忘记自己的处境了。多亏了这只小蜥蜴，我才不至于饿死。可我仍然需要找一处庇身所。现在阳光还是不够透亮，无法用镜片生火。

一阵隆隆声穿过大地和我的骨头，震得我的牙齿直打战。我转过身，只见火山顶冒出阵阵浓烟。这次倒没有喷薄的红光，地面也很快平静下去，比我平复心跳都要快。

我站起身，在马裤上蹭了蹭黏糊糊的手，沿着与海岸平行的路线，从爬满鬣蜥的岩石堆向内陆走去。我希望能找到一处巨石堆或陡崖。我们曾在别的群岛上见过，那里或许有洞穴或庇身所。法新跟在我后面，她的陪伴让我很开心。我希望能给她些什么东西，以表示她做得很棒，并且我也很感激她一路相伴，为我寻找食物和水。但她不需要我的任何东西。

随着午后时光的流逝，微风也随着我寻找洞穴的希望消失了。加拉帕戈斯群岛令人窒息的闷热卷土重来。地平线上笼罩了一层灰雾，和之前一模一样黏稠潮湿的雾。正是这诡谲的雾，才令第一个到访者称这些岛屿被施了魔法。浓雾遮住小猎犬号了吗？我感觉很疲倦，仍未摆脱中毒带来的虚弱感。我一瘸一拐地穿过仙人掌丛，返回内陆。法新一路跟在我身旁。我拾了些干草和枯树枝塞进马裤口袋，打算稍后点火用。火山持续发出轰隆声，偶尔喷出些蒸汽和烟雾。

法新转过身，她的环状褶伞平贴着脑袋。我随着她的目光望去。

火山上方有一个黑色的影子。

我的胃陡然下沉，好像在为怦怦狂跳的心腾出更多地方。我告诉自己，那或许是我和达尔文先生在加拉帕戈斯的其他岛屿上见过的鸟：一只巨鹰，一只苍鹭，甚或是一只信天翁。

但我知道它不是。

第十五章

我 感到头皮和脖子像被针扎了一样，同时两腿痉挛，涌起一股想逃的冲动。巨兽的黑影在火山顶盘旋着，紧跟着又俯冲直下。它是冲着我来的。躲哪儿？我从未像现在这样盼望能见到一棵树。法新嗅了嗅空气，接着像道绿光似的倏忽疾驰而去。

我得趴下。但这只蜥蜴转身发出独特的鸣叫。她用爪子刨着地面，好像在急切地召唤我赶紧跟上。

折磨人的黑影越来越大。我还有什么选择？

我跟着她向前跑去，刮擦器在我背上弹起落下。

那只奇怪的小爬行动物现在是我们的领航员了？

"好吧，刮擦器！你有更好的建议吗？"我不满地小声说。

我可不认为它有。

那只会飞的巨兽消失在火山另一侧。它或许还没看见我。法新跑得更快了。我紧跟其后，被咬伤的脚隐隐作痛。

我们穿过另一处倾斜的熔岩区，朝山上走去。整座岛不是熔岩区，就是蛮荒的灌木丛。这地方还能更糟糕些吗？我们到了一处植被更茂密的区域。我曾在火山的矮坡处见过其中一些植物，我认出来了，它们是蕨类植物。这些植物也比矮坡上的更高一些，都长到了我腰部的位置。尽管跑得上气不接下气，我还是差点儿笑出声来。

"看到了吗，刮擦器？她给咱们找到了藏身的地方。"

也可能是直接带咱们去巨兽那里呢。

我蹲下身，把蕨叶扯过来盖住自己。那只巨兽从我的头顶掠过。抬眼望去，我发现它的轮廓棱角分明，阳光照射下，全身闪耀着一种金属的光泽。一天前，我还只觉得它是头飞行速度惊人的庞然巨物。现在我看清了,那只巨兽是……金色的。

法新去哪儿了?现在,我必须一动不动,否则蕨叶最轻微的摆动也能让我露出马脚。那只巨兽再次经过,在我头顶低低盘旋。我的心怦怦地跳着,声音极大,我觉得它分分钟就能将我出卖。我想象不出世界上有哪种生物同时长有四条腿和一双翅膀,还能闪耀出华丽的金光。我的大脑加速运转。达尔文先生曾告诉我,打开眼界,放开思维。鸟类和蝙蝠的翅膀代替了前足,而那只巨兽不是。它不是真实存在的生物,它来自故事,来自神话。

来自神话。

那尖利的翅膀……巨大的体形。

不。孤身陷于此地,又被蜈蚣咬伤……我再也无法相信自己的眼睛和头脑了。

我想到那些巨大的古老骸骨——化石,达尔文先生为之深深着迷,称它们为确凿的证据。那些庞大的动物是真实的,或至少曾经存在过。

神话中的生物则不然。

我的心怦怦直跳。忽然,法新的绿色狐狸鼻子从蕨类植物中探出。

"嘘！别动。否则你会暴露我的。"我小声说。

我在这里并不是完全隐蔽的，但我又不敢站起身看看前方是否有更密实的遮蔽物，任何动静都是冒险。

法新用一只爪子刨着地面，低声咆哮。

不！我摇了摇头，双唇紧闭。

她再次消失于蕨类植物间。可没多久，她又折回来，用爪子在地上蹭来蹭去。不过这回她的褶伞放低了，平贴在脖颈上。我记得，她在袭击蜈蚣时，就是这个状态。

有危险。她想让我跟她走。

我抬头看了看，透过蕨叶，我并没有看见那只巨兽的踪迹。但也许法新知道我藏得不够好，不够安全……

它是只蜥蜴。

是的。一只了解这座岛屿的蜥蜴。我手脚并用地跟在法新身后匍匐前行。她穿过低矮的蕨类植物，为我开辟出一条窄道。

这儿的蕨类植物更少，我应该待在原地的。我能清楚地看到前面的火山。那只巨兽正在山顶盘旋，仿佛一只雄鹰在虎视眈眈地盯着它的猎物。浓烟闪着橙色光芒，映衬出它黑色的剪影。

面对这只巨兽，我该相信法新吗？她会帮我吗？

第十六章

如果刚才平躺着纹丝不动,上方有蕨类植物的遮掩,我或许还能有一丝逃脱的机会。但我到了这儿,在巨兽的眼皮子底下,追着一只速度比我快多了的绿色蜥蜴,跌跌撞撞再次穿过光秃秃的熔岩区……巨兽看见我了,不慌不忙地在我头顶盘旋着。

法新速度飞快,爪子都成了一团影儿。她也看到了那只会飞的巨兽。但她的身架太小了,还不够人家塞牙缝的。那她跑什么呢?

"法新,到石头这边来,你要带我去哪儿?"我气喘吁吁地小声说。

法新仅是只动物，没有理性。而我则是一个跟着她的傻瓜。话虽如此，我还是加快了步伐追赶她。

可太迟了。巨兽朝我们俯冲而来。

我完全不明白这只蜥蜴在做什么，她竟然径直朝巨兽跑去，而不是转身逃开。即使知道自己已丧失理智，我依然全力跟着她！我感觉肺都要爆炸了，脚也一阵阵地抽痛。

我向上瞥了一眼巨兽，呼吸瞬间凝滞。

这是我迄今为止看得最清楚的一回，它和我所猜想、所认为的一致……但这是不可能的。我已经吃饱睡足，现在又是白天，所以这不可能是噩梦，不是吗？

这意味着它是一个神话。神话活过来了。

我正在被一条龙跟踪。

是的，一条龙。

现在看来，这一直是显而易见的。

它的鳞片在阳光下闪闪发光，像金币似的璀璨。它的四肢强悍有力，翅膀比小猎犬号的主帆还要大。不过它的翅膀很薄，在太阳的照耀下散发出深棕色的光。

我瞠目结舌地望着它飞过，双腿抖得像是忘记了该怎么停止。它飞过时带起的风，让我的眼泪夺眶而出。快了，它不是杀死我，就是把我抓到空中，再次投进大海或扔到岩石上，或者干脆用利爪将我的骨头捏成碎渣。即使——不管出于什么奇怪的原因——它只是像上次那样戏弄我一下，已经被蜈蚣毒折磨得虚弱无力的我，再也无法承受落水的风险了。

我将被世界上唯一的龙杀死——如果还有别的龙，就算是像我这样的小人物也应该听说过——世人将无从知晓在世界的这个角落曾经发生了什么。死期将至，我琢磨着，至少这样的经历还算有趣。

但我决心活下去。

我的双腿重获新生。我跟在法新身后全速迂回穿行。巨兽的翅膀掀起一阵狂风向我袭来，我闪身躲过。随后，我们到达了另一片植被区，不过这儿也仅有些杂草和低矮的蕨类。我依然无处藏身，随时都会被那只巨兽劫掠到空中。

但我不会让它轻易得逞，不只是这次。它朝我迎面扑来，翅膀收拢在身后，像一根锐不可当的金色长矛。它的速度极快！我必须保持镇定，利用我的优势保护自己。我身量小，小物体很难被抓住。

巨龙伸出利爪,张开翅膀。我已经知道该怎么做了。当它猛扑过来时,我闪身滚到一旁,紧接着一跃而起,迅速跑开。那只巨兽的利爪擦着我的身体右侧直戳入地,撕扯掉一些蕨类植物。随着一声厉声尖啸,它从我身后俯冲离去。声音震得我耳朵嗡嗡作响。

用不了多久,它就会重返高空,转个弯,再蓄势从我身后狠扑过来。而这回我不知道还能不能躲过。但胜利给了我力量。我加快步伐,沿着法新为我在草丛中开辟的小路向前走。法新停了下来,转过身。我也冒险回头瞥了一眼。正如我猜测的那样,巨龙重返高空,利箭一般笔直朝我袭来。我感觉它的利爪就要抓到我了,顿时毛骨悚然。

上回它把我丢进了大海。三次!为什么?因为它不想让我待在这座岛上。它肯定有必须这样做的理由。可我还在这儿,没有理解它的意思,对它的警告视若无睹。这回它必将置我于死地。

法新猝然停下,当我从她身边跑过时差点儿绊倒——

——接着,我脚下的土地……消失了。

大地吞没了我,我惊声尖叫起来。

第十七章

我 在空中踢蹬着腿,手臂什么都没抓到。我被黑暗吞噬,砰一声掉到地上。

我仰面躺在地上,上气不接下气,直直盯着我刚才掉落的洞口。它大概十英尺高,四周长满了杂草。洞口很小,巨龙无法接近我。但它可能会把爪子使劲儿戳进来,就像黑鸟为了吃虫子,将尖喙啄进土地里。我赶紧避开亮光,闪身躲进阴影里。

我明白小绿蜥蜴的用意了。法新一定知道这个洞,她把我带到这里,好躲开那条巨龙的袭击。可是,她现在去哪儿了？

一声恐怖的尖叫划破了空气，仿佛一个报丧的女鬼，或其他从低俗小说中钻出来的妖魔鬼怪的哭号。紧接着，洞口翻涌起阵阵烈焰。我立即爬起来，跌跌撞撞地退回到黑暗处，这才发现自己是在一个隧道里。于是我转身躲到一个安全的地方向外观望。

这地狱般的烈火不是火山引起的。它是纯粹的滔滔烈焰，赤黄色的巨大火舌喷涌翻滚着。我的眼睛像被针扎了一样，皮肤也一阵阵刺痛。

龙。一条喷射烈焰的龙。

又一声尖啸，火焰肆意翻滚，如疯狂的瀑布般嘶吼着倾泻而下，猛烈捶击隧道地面，直到它泛起红光。

"法新！"我的声音淹没在熊熊烈焰中。

她把我带到了安全地带，然后……我转过身，在隧道中寻找她的踪影，我本该看到她的。

但她不在这里，她在外面。当我掉下来时，还差点儿被她绊倒。

像她那样的小蜥蜴，都烧成灰了吧。

随着最后一丝滚烫的火舌舔过地面，火焰终于消失了。一阵灼热的空气扑面而来，我脑中浮现出巨龙拍打翅膀的场面。

　　一阵静默。我靠着洞穴的墙壁瘫倒在地。我必须接受这个现实——法新正处在烈焰的中心。这不公平，她带我来这里，是她救了我。我泪眼模糊，喘着粗气，随即又被浓烟呛得咳嗽起来。咦，那些细碎的光点是什么？我用手揉了揉眼睛。洞穴地面炽红的岩石冷却成了黑色，它们的四周是一片片燃烧着的苔藓。那是火！我激动得几乎无法思考，但我知道，我需要火。

　　我用颤抖的手摸索口袋，取出早前收集的柴火，在离洞口最远的地方生起一小堆火。周围散落着从洞口掉落的灌木残枝，我缓慢地爬过去，将它们一一捡起。我好像商店橱窗里的发条机器人，机械地移动着，一心只想着法新。

　　除了身上的衣服，我用尽了所有能燃烧的东西。我坐在火堆旁，双手紧紧攥在一起，好让它们停止颤抖。一条龙！一条龙！

　　我咽了下口水，闭上眼，我仍能看见那团地狱之火，看见法新的鳞片反射出的最后一抹绿光。我强迫自己环顾四周。

　　我在一条隧道里，这是熔岩管形成的众多隧道之一。它向两个方向延展,一边通向大海,另一边则通向火山。达尔文先生就此曾警告过我:"有些地方,熔岩管距离地表只有几英寸。我们必须非常小心,千万不要掉进去。"

但我的掉落却并非偶然。这反而救了我。

法新已经……我哽住了。

它只是只蜥蜴。一个平平无奇的生物……

"不!不要再说了。不要……"我的声音在洞穴里回荡着。我捂住了耳朵。尽管我知道刮擦器在我脑海里,在我的背上。

我对着隧道的墙狠狠甩了一巴掌,顿时感到一阵刺痛。疼痛让我把眼泪憋回眼眶。对一只蜥蜴念念不忘,和一把小提琴说话……我需要恢复理智。但我如何才能做到?我就要死在这里了——不是被困死在地下,就是被外面的火烧成灰烬。

我使劲儿搓搓脸,告诉自己事情还没结束。我十三岁了,已经在海上航行了四年。我可能还不是个成熟的男人,但我也有些头脑。

这才像话。

我咬紧了牙关。

这个洞穴太高了，我爬不上去。而且不管怎样，目前隧道里肯定更安全。我坐在火堆旁，双手习惯性地烤着火。但我刚才差点儿被火烤成脆片儿，这没有给我带来任何安慰。

微弱的火焰很快燃尽。已经没什么能往火里添的了。小提琴盒的背带还勒在我胸前。刮擦器，木制品，干透了。

你敢……

我摇摇头。"那样我就真的孤身一人了。"我的声音在隧道中回荡。

我抬头盯着被火烧得黑乎乎的洞口边缘。有那么一瞬间，一张绿色的小脸朝我眨了眨眼。但她转瞬就消失了，因为她根本就不在那里。

想都别想。没有谁能在那样的烈焰中幸存。

"我没有，"我生气地说，尽量放空大脑，"但是你也不能完全确定，对吧，你……你没看见……"

我感到喉咙肿胀。我在沉寂中等了一会儿，随后取下背上的小提琴盒。我打开琴盒取出乐器，拉起两首法新可能听过的曲子。那时她的脑袋歪向一边，环状鳞片褶伞张开着。

— 81 —

我脚下的地面颤抖着，大地发出低沉的呻吟。隧道顶部的灰尘落到我身上，我闻到了硫黄的气味。不知道我会不会葬身于此，但我毫无顾忌继续拉琴。

我没有意识到自己流泪了，直到演奏完，才发现自己的脸颊湿乎乎的。我深吸口气，用手抹去眼里和脸上的泪水，就连刮擦器也闭口不语。

第十八章

过了一会儿,我站起来掸去身上的灰,把刮擦器放回盒子里。达尔文先生的单片眼镜连着一条橡皮筋,我将它绑在手腕上。透过洞口,我最后瞥了一眼蓝天,便转身朝隧道的黑暗处走去。

我根本不知道该走哪条路。两个方向都张着黑洞洞的大嘴,深不见底。法新应该知道。我凝视着黑暗,告诫自己,那只蜥蜴在我身边仅仅一天半的时间,对她的离去,我不能再这样难受下去。

完全正确。况且,你已经收集了数百个像它一样的动物标本。很多正存放在葡萄酒桶里……

"谁也比不上法新。"我厉声驳斥。

爬出去是不可能的了。如果继续往深里走，或再来一场风暴，通向大海的隧道恐怕会灌满了水。另一边通向火山的隧道，则可能充满了岩浆。

我用掌根抵着额头。从掉进洞穴到现在，我甚至连哪个方向连着火山，哪个方向连着大海都没搞清楚。

那么走哪边都一样。

"这也许是眼下最好的办法了。"我说。

洞口的亮光在我身后逐渐消失，前方的路漆黑一片。刚刚生火时，我本该想着做个火把，而不是像个傻瓜似的坐在那里看它燃烧。我摸索着曲折不平的隧道墙壁踉跄前行，不小心踢到了脚趾，双脚也被坑洼的路面擦伤。这么走下去徒劳无益。就在我准备折返时，前方出现了一缕光线。一想到光线来源处可能是通往地面的出口，我就在昏暗中加快了脚步，出去要比待在这漆黑的隧道里强百倍。我在这里也许能躲避野兽的袭击……我仍然不敢相信是一条龙在攻击我。但如果我藏得太深，船员们将永远也找不到我……永远。抬眼望去，光线打在了我脸上，这让我涌起一股力量。阳光是从顶部的狭缝射下来的。可缝隙太窄了，我根本挤不出去，更何况它还高不可及。

我继续向前，但黑暗很快就压垮了我。隧道顶部没有更多的缝隙了，这意味着我什么也看不见，眼睛睁开和闭上毫无区别。我的天哪！如果船长和达尔文先生认为这片土地像地狱，那这些隧道一定是炼狱。我在黑暗中等待着，不知道接下来会发生什么，而这种可怕的不确定感会永远持续下去。

我简直不能相信，自己曾经想要不顾一切地去探索熔岩管，并为这个主意感到兴奋雀跃。现在我连听到自己的呼吸声都觉得聒噪和惊悚。凹凸不平的隧道墙壁所形成的各种形状的影子，在黑暗中影影绰绰。即使我知道背后什么也没有，还是会感到有东西跟着我。在丧失理智之前，我应该往回走。这时，我被一块石头绊倒，停了下来。一块石头？我用手和膝盖摸索着四周，发现有一些石头七零八落地散落在隧道的地面上。我捡起其中一块，如果能找到足够多的石头，把它们垒成小堆，那我就能借此从掉落的洞口爬出去了。我头一次笑了，终于有办法了。兴奋和如释重负的感觉响雷一般在我的耳边炸开。

我站起身来，听到了一种特别的声音。那声音不是我的呼吸，也不是我的心跳。它窸窣作响，嘶嘶，沙沙，越来越近……现在是吱吱的尖叫声，像一群惊慌失措的老鼠。

我的心就要跳出嗓子眼了。我以为自己已经够害怕了，但当一个软软的东西拂过我的耳朵时，我丧失了仅存的理智，尖叫起来。

第十九章

我迈开大步,沿着隧道往回猛跑,不时撞到墙上。我唯一的念头就是逃离,从这群包围着我的玩意儿中逃出去。它们吱吱尖叫,扑棱乱飞,飞来撞去。我的鼻子和嘴巴都充满了令人窒息的酸臭味,眼睛也开始流泪。

蝙蝠。全都是蝙蝠。

我知道刮擦器说得没错。我们在南美洲见过蝙蝠洞穴。落日时分,不计其数的蝙蝠会从山中一拥而出。熔岩管中当然会有蝙蝠,这是它们完美的巢穴。但理智不能阻止我逃跑。我的身体仍坚信，有一大群凶残叫嚣的黑暗恶魔在追赶我。它们太多了，全都围着我。我身体的一部分说，应该停下来，让这群蝙蝠飞过去，但其余部分决意要逃命。于是我继续跑，双臂捂着脑袋，贴着耳朵，以抵御它们刺耳的尖叫。它们的身体和锋利的翅膀擦过我的腿、胳膊、脸。一段时间后，我发现，我好像跑得太远了，不仅错过了顶部的缝隙，也错过了掉落时的洞口。但我还是继续往前冲，直到这群家伙的数量开始减少。我跌跌撞撞地停下脚步，瘫倒在地上，双臂依旧护着脑袋。最后一只掉队的蝙蝠也飞过去了，我依然蜷缩着不敢动。最终一切都安静下来，耳朵里的拍击声也开始减弱，但它并非完全消失。不过声音好像是从外面传来的。是大海吗？

我慢慢舒展身体，发现周遭不再是完全黑暗的，而是灰蒙蒙的。

我晃了晃脑袋，仍有一只落单的蝙蝠在吱吱叫。这尖叫声让我想起了住在姑姑家烟囱里的一窝麻雀，当姑姑用扫帚捣它们时，声音就是这样刺耳。

我扫视隧道，随即起了一身鸡皮疙瘩。难道是幻听?因为我根本找不到它的来源……

脚边的动静让我后退了几步,我依然一惊一乍的。循着动静,我蹲下身,发现一只孤零零的蝙蝠。它非常瘦小,身体只有家鼠的一半大,全身覆盖着红棕色的皮毛,小脸扁平。

"几分钟前,我被你吓坏了……但你只是个无助的小废物。"我小声说。

不过,我也不能置之不理。我捡起了它。它叫得更响了,身体疯狂扭动挣扎,而后又忽地安静下来。我把它吓死了吗?我把它放到另一只手掌里。它的黑翅膀皱皱巴巴的。我将之轻轻抚平——似乎没有受任何伤。它可能是一个仅生活在这些隧道里的新物种,和之前许多独特的物种一样,会令达尔文先生对加拉帕戈斯群岛产生更浓厚的兴趣。

毫无征兆地,这只蝙蝠从我掌中蓦地弹起,在我脑袋周围胡乱拍打了几下翅膀后,就飞入隧道深处,消失在了通道开始变宽的地方。

我盯着它尾随上前,可没走几步,我就停下了脚步。前方的隧道形成了一个洞穴——光线的来源必定在它后面。一个出口!但我的目光被别的东西吸引住了。

　　昏暗中，有什么东西影影绰绰，闪烁着暗淡的光。这个洞穴不是空的。

第三部

在很大程度上,不同的岛屿栖居着一系列不同的生物。

查尔斯·达尔文
《研究日志》

第二十章

我在昏暗中仔细打量着整个洞穴。我看到了一卷绳索,一堆木头,一团杂乱的破布和皮革,一个箱子。我刚才看到的暗淡的光来自旧金属。这个洞穴曾有人来过。

暗淡的金属光泽是一把刀发出的。我捡起它,简直不敢相信自己的眼睛和运气。这是一把古老的、几乎锈成黑色的刀。但有了它,我就能尽情享用仙人掌果了。想到这里,我停顿了一下,法新用爪子摘果子的情形历历在目,不过我立刻摇了摇头,告诉自己尽量不去回想有关法新的事。别的物件已经朽烂了，我无法辨别它们曾经的样貌。我的目光落在那个沉重的木箱子上。它外面涂着沥青，挂着把生锈的铜闩。

我真的意外撞上海盗的宝藏了吗？毕竟，没有黄金，龙的故事就不完整了。我找到一块坚硬的石头，用它轻轻敲打铜闩，设法将其打开。脑海里全是金光灿灿的硬币。

你打算怎么处理这些黄金？

"一个人怎么处理黄金？"我说道。没有听到任何回音，声音似乎被那些古老的物件吞没了。

我用破破烂烂的领巾擦了一下前额上的汗，把刀插进其中一个闩扣的边缘将其撬开，生锈的碎屑纷纷掉落。我又用相同的方法撬开了另一个闩扣。箱子盖砰的一声弹开了——箱子里空空如也，就像我的胃和获救的希望一样。我叹了口气，用手摸了摸干燥平滑的箱子内部。

地面再次摇晃起来，这一次震颤持续了很久，灰尘扑簌簌如雨点般落到我身上，我赶紧蹲下去用双手蒙住头。我对火山所知不多，当达尔文先生和其他绅士讨论这些岛屿的地质情况时，我听得不够认真。

大地最后抖了一下,然后隆隆声便停止了。洞顶看上去至少还是完整的,可不知道在这样频繁的地震中,它还能撑多久。我不想去思考这个问题。我得回到地面上。箱子后的东西引起了我的注意。

又要干吗?再多待一会儿,我们就会被合葬了。

"我只是看看……"我含糊道。

那是一个小丘,上面盖着破帆布,尘土飞扬。我跨过发霉的绳索,把多处发黑变硬的帆布挪到一边,一堆木板露了出来。不,不是木板,是弯曲的木板条。我花了很长时间才弄明白眼前的东西是什么。这是一个比任何宝藏都更好的发现——一只船。

一只小船,面朝下靠着洞穴的墙壁。我把帆布完全推到地上,小船的整体显露出来。船身有些地方朽烂了,还有些曾经涂在表层的沥青被磨掉了,但木头上没有明显的破洞。总体而言,它看起来相当不错。

这座岛上有一条喷火龙,一座活火山,没有淡水资源。仅仅发出一个火或者烟雾信号是不够的,甚至是不可能的,况且那条龙已经盯上我了。

我真正该做的是逃离,而且,现在我可以了。

那还等什么呢?亮光意味着一定有出口,而且我有船了。我抬起了箱子,它太轻了。我之前怎么会认为里面装满了黄金呢。接着,我把那卷绳索甩在肩上,荡起一阵飞旋的尘埃。

  我把船翻了过来,笑意更深了。它看起来的确是完整的,不过非常小。它不像是我们从小猎犬号前往海岸考察时用的船,而更像是孩子们用来钓鱼的划艇。一只这么小的船为何会在这里——我朝它刚才靠墙的位置望去,心脏瞬间僵住了。我后退着,用手捂住了嘴。有一个戴着三角帽的人坐在那儿,是海盗吗?

第二十一章

海盗的头向前耷拉着,三角帽上落满了厚厚的灰。他身上裹着很多脏兮兮的帆布,像条披肩似的。我惊恐地尖叫了一声,脑海中浮现出一个恶匪挥舞着短刀,跳起来伏击我的画面。随后我的理智占了上风,心跳平复了下来。

我向前缓缓挪动脚步,越过小船,想看得仔细一点儿。我没有碰他,仅仅弓腰从他的帽檐下瞅了一眼。我瞥到他的下巴,顿时倒抽一口凉气,闪身后退。

不管那是皮肤还是骨头,看起来都像一块黑褐色的皮革，看来，他已经死去很久了。也许他被一直密封在这里，直到最近地震发生才有了这条出路。这也是野兽没有抓到他的原因。他已经完全朽烂了。一阵寒意袭上我的后脊梁骨，我在胸前画了一个十字。

这儿有很多真正的危险，从喷火龙到各种有毒的生物，从低吼的大地到喷发的火山。

你最不用担心的就是这个家伙。

"唉，请原谅一个男孩的一点儿震惊。谁能料到会在黑暗的洞穴中发现一具尸体呢。"我说。

我在海盗面前蹲下来，小声说道："我想您近期不需要这只船吧，先生？"

这个死去的海盗什么也没说。真是谢天谢地。

这只船可能需要简单地修理一下，我不确定它在海上是否会漏水。我在洞穴的地上四处翻捡着，想找些有用的东西，一边思索，在那个死去的男人身上到底发生了什么。他是海盗船上的叛徒，被流放到一个没有淡水的小岛上自生自灭？或者，他是一个陷入困境的水手？那他为什么会带一个如此坚固且昂贵的箱子？那他是生病了，天花？并因此被船员们抛弃，以免传染整艘船？我不想再深究下去。他安详地蜷缩在自己的小船下方，帽子遮住眼睛，已经死了。我现在不该再打扰他。

在海盗的物品中，我还找到了一口墨绿色的铜锅。除了刀和那卷绳索，这里好像已没有能用的东西了。我将它们和一支小船桨一并放在了船上。

这个男人在洞中孤零零地死了。我突然急切地想离开这地狱般的隧道，管它是巨龙还是别的什么。但我稍稍停下了脚步，不知道他之前在这里待了多久——

你还在等什么？你无法为他做任何事。

"有一件事我可以做。"我说。

我再次从琴盒中取出小提琴，拉响琴弦，演奏起我曾在爸爸葬礼上表演过的赞美诗。我不知道这个男人的年纪。爸爸被肺病夺去生命时还不满三十岁。我用下巴紧紧贴着刮擦器，琴弓在弦上起落，我在心中默诵着歌词。

奇异恩典，乐声如此甘甜，
拯救了像我这样不幸的人。
我曾经迷失，但已回归正途；
我曾经眼盲，但已重新看见。

最后一个音符消失后,歌词仍在我的脑海中萦绕。

"还未回归。"我坚定地说,一边将刮擦器收好。

我把小船移回黑暗的隧道,然后沿着剩下的路,快步向亮光走去。

前方是倾斜的上坡路,越往上越窄,大海的声音却更大了。我被琥珀色的阳光包裹着,感觉充满了能量。太阳一定快下山了。我站在洞口前,那是一道通向外面的宽阔裂口。我想起了巨龙喷射的火焰在洞里熊熊燃烧的情景。

我不能再冒险了。我现在有船了,得好好活着才能使用它。

我悄悄溜了出去,先抬头张望,察看天空是否有巨龙的踪迹。正是日落时分,一缕缕高悬的云映着玫瑰色的霞光,好像在风中欢快飘动的信号旗。我环顾四周,只敢将头伸出洞外。前方黑色的岩石挡住了我的视线,令我无法看见太多东西。但我听见大海的喧腾声从那里传来。身后,火山正喷吐着缓慢流淌的熔岩。我想象着峰顶的岩浆池正汩汩冒着泡,就像长时间放在火炉上的果酱。爸爸很擅长做果酱,我记得他用的是妈妈的独家配方。在我出生后的那年秋天,妈妈病倒了。爸爸每回做果酱时都会摩挲手上的结婚戒指，次数甚至比平时还要多。我叹了口气，猛然刹住了回忆的思绪，这可不是回忆的好时机。

尽管火山在喷发，大地还是平静的……但也许持续不了很久。

爬过岩石，我发现了一片黑色的碎石海滩，上面有很多棕色和黑色的光滑"小丘"，其中一些安静地躺着，一些则缓慢笨拙地爬动或翻滚，还有些时不时从对方身上碾过去。我们在去过的每座岛上都见过这种动物——海狮。一只海狮注意到我，仰起了脑袋。它有圆溜溜的黑眼睛，像狗似的口鼻，还有一撮尖尖的白胡子。

"嘿，你瞧瞧这些！"我屏息说道。

突然，一声巨吼传来，吓得我差点儿连魂都没了。

第二十二章

我转过身去，迎面碰上了一只海狮。它比别的海狮要大得多，撑着前鳍脚高高立起上半身，是个肌肉发达、油光水滑的大块头。它前额正中有一个肿块，正龇着发黄的可怕尖牙怒吼，扯得鼻子上的胡须都向后支棱。一道丑陋的伤疤自它的口鼻处斜贯整张脸，挡住了一只眼睛。

达尔文先生的声音在我耳边响起："科文顿，雄海狮的领地意识很强。它们会为此奋战数小时，其间造成的伤口可能会致命。有时候，它们会误认为人是不受欢迎的入侵者，会抢走它的雌性配偶。因此千万要小心。"

我举起双手向后退，差点儿被其中一只海狮绊倒——很可能就是那只雌性配偶，那只狂躁的雄海狮误以为我是来追求它的。

"嘿，听着！我可不想惹麻烦，大块头，我这就离开……"

又一声咆哮传来，这次是从我身后传来的。我转过头，只见第二只雄海狮正立起身子准备进攻。它的口鼻处也有一道深深的伤口，胸前有一排清晰的爪印。

好巧不巧，我撞进了这场海狮大战。

两只雄海狮在沙滩上轰然相撞。我不知道它们的暴怒是冲我，还是冲着对方，或许两者皆有可能。我蹲下来，尽量让自己显得无害。但我的动作还是惊扰了其中一只比较大的海狮。它挥着巨大的鳍脚朝我袭来，一把拍到我的肩膀上，将我掀了个四脚朝天。而它也在猛击下失去了平衡，重重扑倒在地，它颤抖的庞大身躯震得沙滩都在晃，趁它砸到我之前，我赶紧起身离开。

我连滚带爬地往后撤，好赶紧从两只海狮中间离开。但现在，攻击我的那只大海狮紧盯着我不放。它支棱着两只前鳍脚，朝我疾速扑来，比看上去迅猛多了。我跌跌撞撞地站起身，结果又摔倒在地。而它已朝我逼近，喉咙里发出低沉的呼噜声……忽然，在它不满的呼噜声中，一种与众不同的声音传来，介乎于咆哮和鸣叫之间。

不知从哪儿蹿出来一道绿光扑到了海狮头上。它的眼睛被两只爪子捂住，耳朵则被两排尖利的小牙死死地咬住。啊！是法新！

第二十三章

真的是法新！她拽着大海狮的耳朵，就像一只小狗在玩弄绳结。而大海狮摇摇摆摆地在原地疯狂打转，咆哮着左右甩头。我匆忙站起身，爬回到来时的那些岩石上。趁大海狮被法新缠住，夺偶大战中的另一只海狮狠狠向大海狮扑过去，砰一声撞到它的身上，滚过它的尾巴。它们撕斗起来，就像我在丰收市集上见过的泥地摔跤手。

"法新！"我大喊道，生怕她被压伤。

法新纵身跃起，向我奔来。我就要脱离险境了！

可大海狮猛地转过身，紧跟在她身后，扑过来咬住了法新的尾巴尖儿。我倒吸一口冷气。

"法新！跑，快！快来这儿……法新！"

法新被抛到地上，但她旋即跳了起来，扭转身体一口咬住大海狮两眼之间的肉块。大海狮摇晃着头，更狂躁地吼叫。法新又被甩到了一边，但她轻快地落地，向我藏身的岩石跑来。她越过了我和岩石堆，继续向前跑。

我紧随其后。她的尾巴尖儿被咬掉了，残端血肉模糊。我在刚才爬出来的洞穴裂口处停下脚步，指给她看。法新受伤了，应该寻个避难所。但她并没有停，仍旧向前跑。

这一次，我不再怀疑小蜥蜴知道自己要去哪儿，我只是不忍心让她离开我的视线。我渐渐意识到，她在我见过的蜥蜴种类中是独一无二的。也许，跟在前面的蜥蜴压根不是法新。

我停下脚步。蜥蜴也停了下来，用鼻子轻轻触碰自己那残缺不全的尾巴。当她转身时，我蹲了下来，看到了那双明亮的黄铜色眼睛！她的头歪向一边，脖颈后的褶伞整齐优雅地竖立着，独缺了一枚鳞片。

"真的是你。"我小声说。她不知怎的逃过了那场大火。我的喉咙一阵哽咽,真想将她一把搂入怀中。不过,我只是张开手,伸向她。法新向前迈了一步,用鼻子温柔地蹭我的掌心。

"敢和那些大块头较量,你真了不起,像块砖一样!"我轻轻抚摩她的鳞片。

我抬头望着粉紫色的夜空,虽无巨龙的踪影,我还是想要把法新带回地下,和我一起躲起来。与她的重逢让我如释重负,虚弱感和晕眩感瞬间袭来。我厌倦了凡事都要费力找出最优解,于是不再多想,决定一路跟着她。

法新带我穿过一片仙人掌果平原,向内陆走去。我停下脚步,很想摘几个仙人掌果吃,可我把海盗留下的小刀落在船上了。

法新也停了下来,不耐烦地用爪子刨着地面,还回头看了我一眼。

"我得吃东西。"我说道。为了避开恼人的尖刺,我捡起一块石头,用它轻敲一个成熟的果子。法新粗重地发出一声喘息,明白了我的用意,过来帮我。在她利爪的帮助下,我得以填饱了肚子。这时,我感觉我的肩膀在阵阵抽痛。回头一看，我发现衬衫被撕破了，露出一道深深的伤口，那是海狮攻击我时留下的，本就脏破不堪的衣服已被渗出的鲜血浸透。法新仰起鼻子闻了闻，又接着向前跑去。

我深深呼了口气，做出一个决定，我不能永远跟着她。通红的落日已挨近地平线，我必须回到隧道隐蔽起来，直到日出。

我脑海里浮现出了小猎犬号的画面。狭窄的船舱里，文件洒得满桌都是，达尔文先生眼里写满了忧虑。菲茨罗伊船长不想再延误航程了，他不怎么看重加拉帕戈斯群岛，他曾说过想尽快离开。明天，我要试试那只小船。

对航行有什么想法吗？蜥蜴在这方面可帮不了你。

我默不作声，但还是不由自主地又一次盲目地跟随着小蜥蜴向前走去。

"你要去哪儿，法新？"我问道。她现在正沿着海岸线向前走。地面上星星点点平铺着黯淡的粉色斑点，有成百上千个，一直延伸到远处，它们是什么？

法新在这片平坦区域的边缘停了下来。我猛地一打滑，一下子摔倒在地上，感觉陷入了一些凉冰冰、浓稠黏滑的东西里。

第二十四章

我惊恐地尖叫起来,立即坐起身,担心陷入沙子或者沼泽中。一只粉色的巨鸟低下弯曲的黑喙望着我,它看起来就像一只腿生得过长的玫瑰色天鹅。它并不怕我,在泥淖中的水坑里优雅地啜了点水后,迈着细长的腿走开了。仿佛一位女士撩起裙角,从城市的垃圾堆旁走过。我现在才明白,那些斑点是一大群火烈鸟。我不知道它们是否能吃,可我很想来点儿肉,那些仙人掌果不禁饿,撑不了太久。那只火烈鸟抬起脑袋,好像读懂了我的心思。

"别害怕,粉红先生,刀在隧道里。即使我带着刀,你也不会有危险。"我们处在一片类似洪泛区或盐沼地的地方,远处一直延伸到大海。大群细纹方蟹轻捷地穿梭于黑泥地面。这让我想起了泰晤士河滩,爸爸曾带我去那里,想看看海边的空气能否缓解他的咳嗽。我们在一个炎热的午后捡了很多牡蛎。爸爸用浮木在河滩边生了堆火,直接架了口锅烹煮它们,接着,我们蘸着醋,一起享用了热乎新鲜的牡蛎。

我叹了口气,不知道爸爸在这里会做些什么。在我出生前,他曾参加一支乐队四处进行巡演。他总是说,等我长大了,就可以和他一起旅行了。

上千只长腿火烈鸟分散在这片泥地上。我看了看天空,依然没有巨龙的踪影。大地又开始颤抖,我瞅了一眼火山,只见峰顶浓烟滚滚,一股橙色的岩浆喷向空中。一大群白色和粉色的鸟儿展翅飞起,又沿着海岸远远降落。大地渐渐稳定下来,但火山看起来更狂暴了。

"你在干什么呢?"我看见法新在泥泞里翻身打滚,就像一头猪。她把鼻子拱进泥塘里,吹起黏稠的泡泡。我不禁笑了。

"你带我来这里是为了玩吗?"正说着,我忽然想起了南美火地岛的原住民,我们曾和他们相处过一段时间,他们会用稻草和泥做一种膏药……

法新是带我来疗伤的吗?我俯下身子,用手指蘸了些黑泥闻了闻,没有腐烂的味道,也没什么特殊的味道,只有泥土和海水味儿。在法新的注视下,我伸手把一些泥抹在肩膀的伤口处,感觉不出好坏,只是有点儿清凉。我耸了耸肩。做完这些后,法新朝我的方向嗅了嗅,好像挺满意。

她真是一个聪颖奇特的小动物。

夜幕降临了,我转身朝通向隧道的开口处走去,并不时回头,确认法新还在身后。她遥遥地跟着。我走到裂口前,一矮身钻进了隧道。我在里面等待着我的蜥蜴朋友,一边暗自思索,如果她没有跟来该怎么办。我不能强迫她留在身边,也没什么东西能诱惑她。

你悲恸欲绝,但那个动物根本没死。

刮擦器靠船立着。

我抬头盯着入口,法新明亮的黄铜色眼睛也朝下望着我。

巨龙火烧洞穴的回忆淹没了我,我想跑上去,紧紧抓着法新，再也不让她离开。但我只是静静地看着她。她东瞅瞅西望望，轻轻叫了一声，从入口滑下，来到我身旁。这一次，是法新跟着我。

第二十五章

我睡在隧道的裂口附近,远远避开那个死去很久的海盗。法新距我很近,头靠在爪子上,尾巴盘绕着身体,尾端被咬断的地方裹着一层干泥。她的眼睛没有闭上,只是眯成了一条缝儿。

蓝色的晨光唤醒了我,这一定是我在岛上的第四个早晨了。

小猎犬号可能早就走了。

我咽了下口水,强迫自己不去想这个问题。

"看看谁在悲恸欲绝呢?"我说,"我可有条船等着下水呢。"

听到我的声音，法新睁大了眼睛。

那天夜里下雨了，我特意把海盗生锈的铜锅放在了外面接雨水。当我痛饮雨水时，大地又开始颤抖，不过因为它频频发生，就像我姑姑的抱怨似的，我已习以为常，不怎么注意了。

我用绳索把船从隧道里拉了出来。我知道最好别再冒冒失失地闯入海狮的领地，于是我拽着船，沿着平滑的岩石，一直走到远处有火烈鸟的泥滩处。在那里很难站稳，我不止一次地在黑泥里滑倒。每次法新都尖叫着轻轻推我起来。阳光下，这只古老的小船看起来像个没用的玩意儿，我真担心它压根浮不起来。但那只小蜥蜴让我振奋起了精神。

我终于到达了海岸线，肩膀火烧火燎的，又累又疼。

这里的水很浅，也没有石头。我拽着船涉入水中，小船立马浮了起来。我坐进小船，船板的接缝处喷出一些细小的水柱，其中一支水柱还不小，足够给我带来麻烦了。任何水手都会对此厌恶不已，尤其是无人帮忙的时候。这需要船工花费一整天的时间修补呢。

我想罗宾斯看到它时会做个鬼脸，甚至会轻轻拍我耳朵一下，然后，坏坏地暗示我这只船出海没问题！船的接缝处需要填补，不然浮不了太久。如果我选择不停地往外舀水，就没时间划桨了，这样一来，我哪儿也去不了。

我从船里爬出来看着法新，一边用手扯着领巾，一边努力思索解决办法。太阳高悬，蜥蜴的眼睛闪着金属般的光泽。我挠了挠背上干裂的黑泥，下面的伤口已开始结痂，感觉还不坏。

岛上的动物会利用它们所拥有的东西。我有什么呢？海盗的船、绳索、刀、平底锅、达尔文先生的单片眼镜、我身上的衣服……

忘记什么了吧？

当然！刮擦器，还有放在琴盒里的那块松香。松香是松树的树脂，像蜡一样能防水。

我把船又拽回到泥滩上，再把它拉到干燥的熔岩区。午间热气正盛，木材很快就会干，那时我就能尽量修补它了。随着一声低沉的呻吟，大地又摇晃起来。法新用后脚站立，挺起了身体。我从未见她这样过，于是大笑起来，直到我发现她鼻子翕动，正在朝火山的方向闻着什么。

她是对的。一股糟糕透顶的味道，从火山的方向传来，闻起来就像被船上的厨师煎煳的鸵鸟蛋，那本该是船长的早餐。火山喷发了，山顶冒出阵阵浓烟。

法新叫了一声，听起来更像是号叫而不是咆哮。随后，她朝火山的方向跑去。她速度飞快，腿都跑成了一团影儿。我望向天空，搜索巨龙的踪影。我记得她最后一次像这样奔跑，是带我去熔岩管中的安全地带躲避巨龙，但天空现在没有黑影。

我望着她。法新像一只小小的绿色飞镖，从岩石间飞掠而过，一直跑进了仙人掌丛里，不见了踪影。我心里空落落的。她是只蜥蜴，一只野生动物。我永远都不会明白她在想什么，也不能指望她整天都待在我身旁。

法新之前回来过，她还会回来的。

不管怎么说，你总不能一直带着她。

我无言以对。

太阳无情地灼烧着我的头和脖子。我将松香在船板缝中抹平，然后，把修缮过的小船搁置到岩石的阴影里。我又从洞穴中取出了箱子、铜锅、小刀和刮擦器。我可不能毫无准备地启程，水和食物不可或缺。

我望着大海，海面风平浪静。如果我回到了阿尔伯马尔岛，即使小猎犬号已经离开，我也能有一线生机。因为这座加拉帕戈斯群岛中最大的岛屿有淡水资源。群岛之间的洋流很复杂，我很可能会被卷入开阔的海域。我不是航海家，不过罗宾斯曾教我利用星星辨别方向。但如果我无法掌舵，那又有什么用呢？

保持像砖一样。

一次能解决一件事就行。放眼望去，地平线宽广无垠。我有刀，至少能摘仙人掌果了。我收回目光，看着小船。

阳光炙热，达尔文先生的单片眼镜仍缠在我的手腕上。既然不需要即刻启程，我应该在海岸生一堆火，天气晴朗，如果小猎犬号真的经过这里……

你在等那只蜥蜴。

我对此无法回答。

第二十六章

我把注意力集中在生火上。我先从泥塘收集了些浮木,把细枝和碎木块放到石头上晾干,再用一块石头把刀刃磨得明晃晃的。接着,我又用刀从绳索的末端刮出一小堆细线,最后用晾干的柴火在细线之上堆了一个小尖塔。

那些玩意儿烧不了多久。

"我现在只是试试。如果行得通,一会儿我再去内陆寻找更多的木柴。"

听起来是个寻找蜥蜴的好借口。

没错，我一直在想法新。她为什么突然离开？她会去哪里呢？我紧攥着达尔文先生的单片眼镜。这位年轻的绅士曾说，他透过镜片能看到大自然的魔法。

我在阳光下反反复复地调整镜片，终于聚集了一道对准引火堆的细细的光束，我不敢乱动，一直到它开始冒烟。我大笑起来，没想到这真的管用！我一只手拿着镜片保持光的聚焦不变，然后，慢慢蹲下身去，用另一只手拢着烟，用嘴轻轻吹气。我小心翼翼，百般照拂，好容易才唤出一簇小小的黄色火苗。

"看！我就知道我能做到。"

大地又开始震颤，我差点儿一头栽进火堆。我不想抬头看火山，不想感受这持续不断的颤动，不想时时提醒自己必须离开，但我无法逃避。远处，一团团黏稠沸腾的岩浆被高高喷向天空，就像厨师清早煮沸的燕麦粥。

一声熟悉的鸣叫从背后传来，但声音更响亮、更急迫。我转过身，看到法新正从洞里钻出来。我咧嘴笑了，朝她跑去。但法新有些不太对劲，她一侧的鳞片发黑，还有一小块鳞片完全不见了。

我蹲下来，向她伸出手："法新，你受伤了！发生什么事了？"

她一闪身，又钻回了那条通向熔岩管和洞穴的裂缝。

我跟在她身后说："我们回泥滩那里吧，给你的伤口抹点儿泥。"

小蜥蜴在洞穴里不耐烦地等待着，鸣叫变为了低吼。接着，她朝隧道深处跑去，那里通向岛屿的中心——火山。

第二十七章

我等待着。法新会回来的,她受伤了,不会——离开我的。

又一声鸣叫传来,法新再次从阴影中现身。她后腿直立,挺着身体,褶伞平贴在脖颈上。她的叫声愈发瘆人,更像是嚎叫。我胳膊上的汗毛都竖起来了。

"怎么回事,法新?"

她飞奔而去,又迅疾返回,一边呜呜低吼着一边用爪子刨地。

我摇了摇头,举起双手:"我知道你想让我跟着你，但是火山……"

法新猛然蹿上前，用嘴拽住我破烂不堪的马裤裤脚使劲儿向前拖。

"嘿！"

我的裤子直往下滑。连吃几日仙人掌果，我瘦了不少。法新连拉带拽，紧抓着我不放。她和我挨得很近，我正好能查看一下她的伤势。她身侧的那块黑印看起来像是火山灰结成的硬壳，底下的皮肤破了，鼓着泡，有些发亮。这个创面似曾相识，很像厨师不小心被热油溅到手腕时所形成的伤口。法新被烫伤了。想到这里，我的胸口像挨了一记重拳。

那只蜥蜴曾从巨龙的烈焰中逃脱，现在却被灼伤了。我又仔细地看了看，这些伤口像是岩浆造成的。她去过正在喷发的火山？

"放开我吧，法新，拜托你了。我不明白你到底想干什么！"

可法新全然不管我在想什么，她猛地用力一拽，一块布料被扯了下来，我也被带倒了，摔了个四脚朝天。法新纵身跳上了我的胸口。

我的脸距离她的鼻子只有几英寸，她黄铜色的眼睛直刺我的眼底。她用爪子按着我的胸口，脖子后仰，呜呜嗥叫起来，那叫声甚至能令一只狼相形见绌。

我感觉情况很严重。法新曾帮我摆脱蜈蚣的毒害，给我找食物，为我寻找躲避巨龙的庇身所，甚至还从雄海狮那里救了我。她或许只是一只小蜥蜴，但如果她需要帮助，我绝不会拒绝。

"你赢了，"我说，"我跟你去看看。"

我盯着黑乎乎的隧道，回想起我的恐慌和那些蝙蝠。我不能毫无准备地冲进这黑灯瞎火的隧道，否则，我根本帮不了她。

我躲开焦急的法新，挣扎着爬上石堆，然后朝篝火跑去。那里只剩一点儿微弱的火苗了。

我看着小提琴盒。没有它，刮擦器就毁了。

你爸爸会说什么？

"我想他会说，我应该保持像砖一样，做正确的事。"

他会说你应该帮助朋友。

我把老旧的小提琴从琴盒中取出，轻轻放进小船。趁着还没有改变心意，我举起呵护多年的琴盒狠狠朝石头砸去。琴盒纵向裂开，随即又迸裂成参差不齐的数根长木棍。

"对不起，刮擦器。"我喉咙发紧，可不会再有回应了。法新等在洞口，用爪子刨着地面，一边呜咽低吼。

我将一根长木棍戳进余烬中，这陈旧的木头已被阳光晒干，很快就点着了。我用另一只手拿起琴盒剩余的部分，再次跟着法新向隧道跑去。

由于火把是仓促制成的，当我跑起来时，火苗忽隐忽现，闪烁不定。黑暗的隧道中，我仅能看到前方的法新。不过，我们的速度出乎意料得快，不久就通过了隧道顶部的裂缝处。

起初我并没有注意到周围越来越热。一路跑下来，我已大汗淋漓。我将领巾绑在额头上，以免汗水杀疼眼睛。我们沿着向下倾斜的隧道跑了很远，然后又拐了许多弯，可以确定，我已经通过了上次遇到蝙蝠的地段。法新这是要带我去哪里？我有些踌躇，不敢往前走了。但是法新呜咽哀号，再次扑向我的裤腿，于是我又跟上了她。

突然，空气变得燥热不堪，热浪似乎能触到我的眼球。大地摇晃着，我像一个醉鬼似的左突右撞，跟跄前行。火山又发生别的状况了吗？还是因为我在地底深处，震动更强烈一些？法新向前猛蹿而去，瞬间就不见了踪影。

"法新？"

我的回音和以往不同，一声声间隔得更远了。猝不及防的，隧道到了尽头。

我的前方是一个洞穴。它是岩石中的巨型孔洞，有一座教堂那么大。高处是一个通向地表的豁口，阳光透过它倾泻而下。我们现在一定是在火山脚下。一阵热浪朝我袭来，夹杂着一股臭鱼烂虾的腥腐味。领巾已被汗水浸透，我用它掩住口鼻，沿着隧道往下，走进这个宏伟的洞穴。我的赤脚不知踩到了什么，嘎吱作响，令人心烦意乱。四周没有法新的踪迹。地面覆盖着厚厚的某类岩石，或许是碎石——大小不一，摇晃不定，凹凸不平。

不知被什么异常锐利的东西绊了一下，我低头看了看自己的脚下，一个头盖骨正直视着我。我认出了它的形状——一条巨大的鱼，或许是条鲨鱼。它是怎么来到这儿的？这个熔岩管没有被海水淹过，否则海盗也不会留在那里……

只有一条路，我朝头顶的那片天空望去。

法新将我带进了巨龙的巢穴。

第四部

所有的动物都会好奇,也可能表现出好奇心。

查尔斯·达尔文
《人类的由来》

第二十八章

我抬眼朝洞顶的豁口望去，宽窄恰好能使那条巨龙通过。

阳光透过豁口倾泻而下，我能更仔细地观察脚下了。定睛一瞧，我感到不寒而栗。满地都是骨头，大部分很小，看起来像是鱼骨，有些被裹在了滚圆干燥的巨大粪便中。我看不到任何类似……人类的迹象，但也很难说。目光所及之处，我捡起一块最大的骨头，它看起来像一头小鲸鱼的下颌骨。

达尔文先生对此会怎么看呢？他认为研究动物粪

便很有趣，借此可以发现它们属于哪种动物，并能了解它吃了些什么。眼前这些粪便和人的头骨差不多大。考虑到在此居住的动物的体形，粪便大小基本上是相符的。

我的心跳到了嗓子眼，汗水浸透领巾，滴进眼睛里。我四下张望，寻找法新的踪迹。

这时法新的鸣叫响起，声音在洞中阵阵回荡。我们仿佛置身于一个巨大的空心球里。我终于看到她了，那抹熟悉的绿色，就在洞壁突出来的宽阔岩脊上。我真不知道该怎么办。自从被冲到这座岛上，我就一直在尽力躲避巨龙。法新似乎也很明白这一点，那她为何要把我带来这里呢？从遇见我的那一刻起，她就一直在帮助我——给我找食物，保护我——难道这只是我的想象？

"快过来法新，我们不能在这儿。"我撕心裂肺地喊道。

她哀鸣着，尖锐的声音响彻洞穴。我仿佛看到声音在洞中回荡着，然后飞出洞口，提醒洞穴主人这里有人……

我哆哆嗦嗦地踩在那些骨头和粪便上。法新一闪身缩回了岩脊，不见踪影。没时间犹豫了，她带我来这里不可能是为了玩，我高举着燃烧的火把贴近了墙壁。

"你在上面做什么？"

洞穴开始晃动，层层骨头稀里哗啦地互相撞击着没过我的脚面，我仿佛置身于一个巨大的婴儿拨浪鼓里。这次，震动一直在持续，没完没了。洞里热得让人无法忍受，我得离开这里赶紧逃命。

我下定决心，要带着法新一起跑。我不能在火山爆发的时候把她留在这里。就算她咬我挠我，我也不在乎。我伸手探向比我头高一点儿的岩脊，摸到了一些散落的石头和干海草，还有一些柔软而富有弹性的东西，像是苔藓。接着，我的手指触到了一个光滑、温暖的球。

我试着把它朝我的方向滚过来。这时，法新再次出现，她用嘴将那个球轻柔地推下岩脊边缘，我用双手接住了它。

它是金黄色的，布满了大理石般的黑色条纹。其实在摸到那完美的圆球时，我就知道它是什么了，但我不愿相信。这里居然藏着——一枚龙蛋！

第二十九章

我一边将龙蛋紧紧贴在胸前,生怕把它掉在地上,一边朝头顶的大豁口望去。

我记得,我们曾在巴塔哥尼亚的泥滩处发现过巨大的鹎䴗蛋。达尔文先生为之兴奋不已。金蛋比鹎䴗蛋大了一倍,是迄今为止发现的最大的蛋,只需一枚就能成为世界奇迹。达尔文先生通常只取我们所需之物,他对这一点非常讲究,尤其是涉及鸟蛋时。但法新正在把更多的蛋顺着岩脊往外推,六枚,七枚。

我的思绪被一声尖啸打断,洞穴里随之丁零哐啷地乱成一团,一股滚烫的气流冲我的后背猛袭而来。

我转过身，两只巨大的龙爪从天而降。

我一手抄起法新的腹部，将她甩到肩膀上。她借力蜷缩在我的脖子上，分量比我想的要轻一些。我用另一只胳膊抱着龙蛋逃出洞穴，一闪身躲进了洞穴的入口处。第二声尖啸撼人心肺。我用空着的那只手捂住耳朵，蜷伏在暗处，避开巨龙的视线。

一个不同的声音撕裂了空气，就像旧床单被撕成了绷带的声音一样。这次脚下的大地不再颤抖，而是像滚轴上的重物一样来回滑动。我摔倒在地，仍用胳膊牢牢地抱着金蛋。法新依然缠绕在我的脖子上。我紧闭双眼，等待整个隧道在头顶坍塌。

轰隆声逐渐消失，空气中弥漫着灰尘，散发出一阵阵恶臭，仿佛地球的内脏被震裂了。我用领巾捂住鼻子，朝洞穴望去。

巨龙强悍的金色躯体填满了洞穴。它用鼻子轻轻碰了碰岩脊，将剩下的金蛋推了回去。与此同时，它发出轰隆隆的低吟声，和地震的声音相差无几。它身体两侧如风箱一般剧烈起伏，近看之下，它的身躯壮丽绝伦。与金色的鳞片相比，它收拢的翅膀呈更深的青铜色，在阳光照耀下金光璀璨。它的身形比十头大象还要大，或许超过了一头鲸的大小。

它猛地转头朝我的方向望来，我后背紧紧贴着墙壁，躲在隧道的阴影里。

它朝空中嗅了嗅，雄阔的长鼻末端是黑洞一般的鼻孔。它的眼睛如晚宴的餐盘一样大，瞪得溜圆，闪着粼粼金光，令人目眩神迷。它后腿直立，再次号叫起来。那是一种受尽折磨、胆战心惊的尖嚎，我终于明白她害怕的原因了。

大坨橙红发光的岩浆从上方的洞口奔涌而下。岩浆溅落在洞穴的碎石上，嘶嘶作响，鱼骨和粪便也释放出令人窒息的黑烟。

巨龙选了一处靠近火山的地方，或许就在火山底部，作为它的巢穴。因此高温对它的蛋应该是无害的，甚至还有所裨益。但毫无疑问，岩浆会杀死它们。这也是法新将那些金蛋推向我的原因。可这只小蜥蜴为什么要救她敌人的蛋呢？她也想拯救我，这同样不合乎情理。也许小蜥蜴和巨龙有某种联系，就像小鸟在象龟的脖颈里啄虱子那样。没时间考虑这个问题了，我得赶紧逃命。岩浆正像凝乳一般，一坨坨连续不断地涌入洞穴。火山爆发了。

第三十章

我怀抱着龙蛋,将它紧贴在暖烘烘的胸前,然后蹲下身,从洞穴的入口朝里望。大团冒着热气的岩浆掉落在洞穴中央。巨龙避开了岩浆,转身朝向岩脊的方向,几乎正对着我的藏身处。但它似乎对我不感兴趣,正试图用嘴衔起一枚龙蛋。但它的嘴太大了,牙齿又过于锋利,结果蛋被推出了岩脊边缘,掉进了下面的骨头里。它低头闻了闻龙蛋,紧绷着巨大的爪子,嘎吱嘎吱地踩踏底下的碎石。我深深吸了口气,在烟雾中咳出了声,一动也不敢动。那只巨兽听到我的声音了吗？法新从我的脖子上一跃而起，我赶紧伸手抓住她的尾巴，把她拽了回来。巨龙咆哮着，鼻孔喷出两团火焰，直冲洞顶。它无疑是地球上最强大的生物，却无法拯救自己的蛋。我应该赶紧逃命……但我好像感受到了巨龙那锥心刺骨的痛苦，我的心也揪成了一团。

我了解那种感受，尽管我试图忘却，但那种感受却已沁入发肤。那时爸爸在高烧中辗转难安，哭着叫妈妈的名字。我什么都做不了，只能眼睁睁地看着他离去，我也想对着天空狂吼。

当巨龙伸展双翼时，一大团岩浆吞没了它。它摇摆着试图挣脱束缚，一阵纷杂的火雨飞溅，它的头和身体露了出来。它似乎并没有被岩浆灼伤。天知道！岩浆可比铁匠铺子的熔铁炉温度高多了。我搞不懂它在做什么，它正对着岩浆撕咬猛踢……

它的一只张开的翅膀被沉重的熔岩压住了。巨龙被困住了。

我惊恐地看着它扑腾尖嚎，试图挣脱，并向空中喷射一团团火焰。法新摆脱了我的束缚，沿着弯曲的墙壁爬到了岩脊上。

我不能任由龙蛋被岩浆吞噬，它们是世界上仅存的龙蛋。时间紧迫，我做出了一个未经思考的狂野决定。我能用什么来装它们呢？我只剩身上的衬衫了。那就用我身上的衬衫。

我放下手里的龙蛋，脱下衬衫，蹑手蹑脚地踩着嘎吱作响的骨头来到岩脊处。岩浆距离我只有几码远了。巨龙惊慌失措，顾不上关注我，正试图用爪子和鼻子把翅膀从沉重的岩浆里弄出来。大团的岩浆被甩向了空中。我把衬衫的袖子绑到一起，斜挎过肩膀，做成吊兜挂在胸前。

法新把金蛋向下轻轻推进兜里，巨龙在悲痛中绝望地咆哮着。

寒噤沿着我的膝盖、脊梁骨，一路蹿到脖颈，我感到惶恐不安。巨龙的烈焰随时都会将我吞没，好在这并没有发生。我数了数布兜里的七枚龙蛋。它们碰撞在一起，像结实的瓷器那样发出咔嗒声，坚硬的蛋壳热乎乎地贴着我的胸口。

法新跳下来，和我一起跑出洞穴。我在洞穴入口处停下脚步，捡起第一枚龙蛋，将它放进吊兜。我回头看了一眼巨龙，它的身体被橙色熔岩层层覆盖，一只翅膀露在外面，疯狂扑打着。我们离开时，它尖声嗥叫起来——吼声震耳欲聋，声调也越来越高。我靠着隧道的墙壁瘫倒在地。这可怕的尖叫像一把尖嘴镐，刺穿了我的头盖骨。太吵了，实在太吵了，我的耳膜好像在膨胀。接着，这可怕的声音只出现在了我头的一侧，而另一侧的耳膜则在剧痛中破裂了。

第三十一章

巨龙的尖叫声减弱了,但我受伤的耳朵里却如敲击锣鼓般咚咚作响。我跟跟跄跄,无法保持平衡。法新沿着熔岩管向前跑去,离洞穴越来越远。没有时间忧心耳朵的伤势了,为了保命,我得赶紧跑。浓烟刺痛着我的眼睛,鼻子和嘴上是被汗水浸透的领巾。但我不敢摘下它,否则臭气会令我窒息的。我的双脚一阵刺痛,那不是因为蜈蚣的叮咬,而是光脚踩到洞穴骨头上留下的新伤,我不能任由它拖慢我的速度。八枚龙蛋沉甸甸地挂在胸前,就像姑姑让我从市场上拖回来的一袋袋土豆。我冒险回头瞥了一眼，流动的岩浆已变为熔岩洪流，不断涌进隧道，噼啪声，嘶嘶声，此起彼伏，浓烟和热气在前方翻涌。

我们离开时，那条巨龙妈妈还活着。可它现在一定被沸腾的岩浆吞没了。它看见我拿走龙蛋了吗？还是认为它们会与自己一同死去？没时间想这些了，如果我停下来或摔倒，我会和它一样葬身于此。熔岩翻涌沸腾着，滚烫的飞沫溅落在我的腿后。如果不能尽快到达隧道顶部的出口，我就完蛋了。

岩浆开始从隧道的顶部往下滴，地上地下的岩浆流对我穷追不舍。脚下的岩石滚烫，我四处躲闪。这股新的岩浆将与我身后的岩浆流汇合，流速只会越来越快。龙蛋哐啷作响，法新在前方飞速奔跑着。

一个人被熔岩吞没后，究竟会发生些什么呢？目前可不是考虑这个问题的最佳时机。

什么都不会留下。哪怕像达尔文先生这样坚韧的科学家，也别想从石头里挖出一丁点儿骨头来。没有人能找到我的遗骸，我也不会被送回故乡伦敦，成为绅士们抽着昂贵雪茄时的谈资。我可不会让这个鬼地方成为我的坟墓。

前方有光,它不是岩浆可怖的红光,而是纯粹的阳光。我疾步穿过海盗的洞穴,迅速钻了出去,回到属于我的地面。我拉下领巾,大口大口吸着新鲜的空气。

没时间休息了,火山正剧烈喷发,熔岩四散飞溅,一群巨大的粉色鸟儿从我头顶飞过。成团的红色岩浆进入空中,仿佛巨婴正往空中抛撒着沙子。更多的岩浆从山顶奔流而下,如河水一般缓缓吞没着平原。来自两个方向的岩浆流,在我身后汇聚成一条燃烧的黏稠洪流。一群逃离的细纹方蟹在前方疾速奔窜。

尽管已筋疲力尽,我还是迅速穿过黑泥地,跑到小船边。我将箱子扔进小船,打开箱盖。接着,我褪下临时做成的吊兜,包裹着龙蛋放进箱子里。我就要离开这里了,赤膊光脚,带着一支坏掉的船桨,一口平底铜锅,一把刀,还有我那把失去琴盒的小提琴。

海面风平浪静……但这座火山岛屿正在疯狂爆发。

第三十二章

法新呢,她在哪儿?

"法新!"我大吼着。我不记得最后一次看见她是什么时候了。但我从洞穴向外爬的时候,她还在我前面,对这一点我很确定。

"法新!"

我匆忙抓起绑在船头的绳索,用力朝大海的方向拉。小船顺利通过了平滑的岩石区,接着就陷入了泥滩。我用尽全力拉了两下,才把小船从泥地里拽出来。我又使劲儿拉了一把,船体开始滑动,速度越来越快,冲力越来越大,我被推得几乎要小跑起来了。岩浆流过了参差嶙峋的岩石,曾遍布各处的鬣蜥不见了踪影。

"法新!"

距离大海不远了,我用力绷紧颤抖的肌肉,拉着小船。冰凉的海水拍打着我的脚踝和大腿,也不时冲击着我被岩浆灼伤的伤口。我强忍着刺痛继续前行。海水渐深,小船终于浮起来了。这时,三股黏稠的岩浆奔袭至泥滩,发出嘶嘶的烧灼声,腾起大量烟雾。我急忙爬进小船。

我沿着海岸线寻找那抹绿色的身影。我不确定最后一次见她是什么时候了。是不是我没有留意,她落到后面被岩浆吞没了?

不!那只小蜥蜴能从巨龙的烈焰中逃生,这次她一定能再逃一劫。她会躲在一个远离岩浆的角落,一个我无法到达的地方。

我不能等她了,不能在这里停留太久。我低头看了眼箱子,龙蛋是我的重任。它们可能是全世界仅存的龙了。为了拯救它们,法新甚至带我去了龙妈妈的巢穴。不管法新是否在我身边,我都要确保龙蛋的安全。

我划动船桨朝着大海进发。一越过拍岸的海浪,我就停下来等法新。一堵充斥着黑烟和火山灰的墙朝我滚滚而来。

我祈祷法新出现。拜托了,我只求这一件事。

如果你再等下去,这一切就白做了。

"我知道!我知道!"

我低头看着小提琴,清了清肿痛的嗓子。

船的接缝处只有几个微不足道的渗漏点,松香修补的效果超过了我的想象。可眼前已没有办法让刮擦器保持干燥了。虽然我可以把小提琴放在箱子里,置于龙蛋的上面。但这样一来,琴颈就会露在外面,箱子将无法关闭。如果我们被海浪击中,小提琴和龙蛋都会滚出来。

法新冒着生命危保护龙蛋,只要我还活着,为了她,我也要确保这些蛋的安全。

我清了清喉咙,伸手摸了摸爸爸的旧小提琴。"谢谢你带给我的所有乐曲,老朋友。我——"

集中精力划船。答应我,桑尼·西姆斯。

桑尼·西姆斯,爸爸以前就是这么叫我的。

"爸爸?"刮擦器和爸爸。我的爸爸……和刮擦器。一曲遥远的水手小调在我耳中响起。

我深吸了口气，咳出肺里的烟灰。我感到耳朵里传来一阵刺痛，但仍然听不见任何声音。我摸了一下刺痛的耳朵，手指滑溜溜地沾满了血。

火山正将巨量岩浆高高喷射到空中，大爆发的景象既壮观又令人惊悸。越来越多的黑烟从山顶迅速腾起，如伦敦最糟糕的浓雾一般紧随我飘到了海上。空气中，鸡蛋味的化学恶臭令人头昏脑涨。据我所知，这种气味会要了我的命。

我把小提琴放在船底，合上箱子，拼命地划动船桨。

第三十三章

我 跪在小船底部，光着膀子，浑身裹满了火山灰，更不用说早已遍体鳞伤，饥渴难耐了。我举起船桨左一下右一下地在水中划着，接着赶紧舀出渗进船里的水；再划桨，再舀水。烈日炙烤着我赤裸的后背，但我却不敢有丝毫的懈怠，因为散发着恶臭的黑云会一路追至海上。火山轰隆着，地动山摇，大海被激起了巨大的潮涌。海浪相互撞击着，浪花溅了我一身。我的小提琴被毁了。刮擦器仿佛一直在盯着我，当水漫延过琴身的一刹那，我觉得自己的心也被淹没了。它是爸爸最后的遗物。

它不是最后的遗物，你才是他的延续，而你现在还在这里。保持像砖一样。

我勉强笑了笑。这是刮擦器说的最后一句话。小提琴滑到了箱子旁边，被小船底部逐渐上升的积水淹没了。

爸爸，离开了。

达尔文先生和船员们，离开了。

法新，离开了。

现在，刮擦器也离开了。

微风轻起，烟雾渐渐变得稀薄，打着旋儿被一吹而散。这座岛屿平静下来了。可望着眼前的汪洋大海，我却浑身发抖。我太了解大海了，对大多数人来说，漫无边际的大海比火山爆发要致命得多，也远甚过巨龙。

我努力回忆着达尔文先生给我看过的加拉帕戈斯群岛地图，我记得上面显示有很多聚在一起的岛屿，纳伯勒岛距离阿尔伯马尔岛很近。但地图上的标注常常是错误的，这些岛屿之间很难穿行，对一个坐在小船里的绝望男孩来说更是如此。我奋力地划桨和向外舀水，直到周围只有茫茫无际的大海。刚才逃离的岛屿已不见踪影，触目所及，只剩地平线上的点点灰烟。

我现在几乎想立刻划船回去，只为再看一眼陆地！

我用力划着桨，尽量不去想这些，直到眼冒金星，胳膊颤抖得无法再继续。

我向后一倒，靠在箱子上休息，一边揉着手臂上抽搐的肌肉。四周只有海水，但清风徐徐，海面平静，这让我有了一线希望。天气能见度很高，这正是适合小猎犬号扬帆起航的日子。也许他们已经知道我在什么地方，只是无法来找我。现在火山爆发结束了，他们就能来了。尽管在内心深处，我知道这只是一个奢望，但我仍然尽力去相信它。

天空没有一丝云，热得要命。我被岩浆烫伤的地方起了水疱。我应该将箱子里的衬衫取出来，把它打湿后盖在头上。焦渴是我目前最大的敌人。

一个影子从我头顶飞过。我睁开眼睛，发现那个影子俯冲而下，又低又近，翼尖掠过了水面。

它从岩浆里逃出来了。我无法想象它是如何做到的。

它金光灿灿，绚丽夺目，令人惊叹。焦渴不再是我最大的敌人。

这是龙妈妈，它正在寻找自己的蛋。

第三十四章

我蜷缩在船底,水在我周围晃荡着。第一天时,那条巨龙曾数次把我投进大海。但它既没有喷火烧我,也没有一口吃掉我。那些行为只是一个警告,它正在孵蛋,不欢迎访客。而现在,它的蛋就在我脑袋旁边的箱子里。它绕着小船盘旋着。

龙妈妈会明白吗?龙蛋原本会被岩浆吞噬——而我拯救了它们!

它的尖嚎盖过了我的思绪。受伤的那只耳朵疼痛难忍,我不由得惊叫起来。它翅膀掀起的大风朝我席卷而来，小船也随之乱摇。我仿佛是神话中供奉给野兽的一件祭品，毫无依傍。

我应该向它透露箱子里是什么吗？也许它能把蛋都放进嘴里，这样所有的龙蛋就都得救了，我可以把蛋还给它。

但如果它能带走所有的龙蛋，它在洞穴时就会这样做了。

随着一声刺耳的尖嚎，巨龙喷出一连串火焰。烈焰冲击着我身旁的海水，激起了大量的水蒸气。我在船底蜷缩成小小的一团。

周围的一切都安静下来，它翅膀掀起的大风渐渐平息。我壮着胆子伸头张望，它就在我头顶的正上方，像一个复仇天使，抑或说是魔鬼一样死死盯着我。它紧绷着身体在上空盘旋，这个动作仿佛一只鹰随时准备扑向它的猎物。

我的生存本能被唤醒了。那把古旧的刀，虽因年代太久已通体发黑，但它就在船舱底部。我攥着这把还不及巨龙爪子十分之一大的武器，知道它起不了大作用，可这总比什么都没有强。我要奋起抵抗。水在脚踝处轻轻晃荡着，我在船底稳住身体，看着它一冲而下。我很确定，它知道蛋在箱子里。

我想起了它在洞穴里痛彻心扉的嗥叫。我不能攻击它，我实在……做不到。我把刀扔到一旁。

我匆忙拿起箱子，一不小心身体重重仰倒在船的一侧。小船随即倾覆过来，我跌入水中，失手丢了箱子。船板像屋顶一样覆在我的头顶上方，巨龙的火焰击中了潮湿的木头，最初并没有将它点燃。但随着第二声尖叫响起，火烧了起来。我被困在了熊熊燃烧的狭小空间里，只能立即下潜。大块漂浮的船板在我上方被点着了，挡住了我的去路。我在水下竭力踢开它们，直到肺憋得要爆炸了，才被迫浮出海面。

我气喘吁吁，喷出呛在喉咙里的海水，一边旋转身体，扫视周围的天空。还好，天空中空无一物。

破旧小船的最后残片冒着烟，闷烧着，最后沉入海底。

第三十五章

水里有黑色的东西上下起伏。起初我以为是小提琴,于是设法抓住了它,就像第一次将它从海浪里拖出来时那样。但它不是小提琴,而是那口木头宝箱。

我拼命划水,逐渐靠近箱子。它被烧焦了,黑乎乎的,但看起来仍旧很结实。我伸手抓住它又湿又滑的木头,把头和手臂放到上面,好让箱子支撑着我。

我很庆幸,巨龙没有回来。

眼下,我只能等鲨鱼来撕咬我随波逐流的腿了。

还能怎么样呢？要么烈日烧灼；要么精神错乱狂饮海水；要么溺死在水里。这里有成百上千种死法，每种都令人痛苦不堪，而我已无计可施。

我将头和手臂搭在箱子上，不知道漂了多久。之前我还以为自己的遭遇已经够麻烦了，但和在大海里孤苦无依地漂泊相比，那简直不值一提。焦渴感折磨得我很痛苦，甚至控制了我的身体和思绪。但这也让我无法睡得太沉，否则我早就抓不住木箱了，它可是我浮在水面的唯一倚靠。我的双臂已虚弱无力，一次次地打滑，差点儿从箱子上滑下来。但每当此时，未及思考，我的身体便会下意识地贴紧箱子。我开始产生幻觉，和被蜈蚣咬伤后产生的梦魇有所不同，我脑海中出现了岛屿，在海中央生长的树木，还有船……我在希望的幻梦中上下沉浮，却终是失望透顶。

我把下颌抵在木箱上，想象它是我的小提琴。向着太阳和大海，我一边用指尖弹奏民谣、水手小调和吉格舞曲，一边沙哑着嗓子哼唱，竭力用回忆中的歌曲驱散焦渴的折磨。万般无奈中，我忍不住啜泣起来，但身体因为极度缺水，已无泪可流。

夜里，我最终从木箱上滑落，呛着海水惊醒过来，箱子已经在数米开外了。不知怎的,我又有了些许力量。我脱下破烂的马裤,用它把自己绑在了箱子上。龙蛋会和我一起葬身大海,而我只穿着破内衣。想到这里,我勉强挤出一丝笑容,但随即又痛苦地呻吟起来,晒焦的嘴唇裂开了。我已筋疲力尽,又陷入了沉睡。我把脸贴在木箱上,就像曾贴在刮擦器的盒子上那样。

木箱震荡了一下又一下,把我从沉睡中唤醒。这个漂浮的箱子晃晃悠悠,正被什么推着前行。

鲨鱼,一定是鲨鱼。我还以为事情不会更糟糕了,可我错了。我感到沮丧至极,条条都是死路……

我甚至无法睁开眼睛。海盐干结成皮,把我的眼皮黏在了一起。我伸手掬了些水泼到脸上。我眨了眨眼,又是另一幅幻象。两枚闪亮的铜币,一个三角形的绿鼻子。

我不想伸手,因为她一定会消失的,我只想用双眼尽情地欣赏她。

"法新。"我嘴里冒出来的声音微弱嘶哑,听起来很怪异。如果我还有眼泪,它们一定会刺痛我灼伤起疱的脸。当我停止啜泣,笑出声时,喉咙一阵剧痛,我忍不住呻吟了一声。

那只蜥蜴一定是个残酷的幻象，但她怎么都不肯消失。她扶着箱子，摇了摇，使劲儿推了起来。我伸出颤抖的手，她用鼻子蹭了蹭，手感结实而光滑，掌心是她温热的呼吸。

法新找到我了。就算这不是真的，我也欣然接受。

她用脑袋顶着箱子，使劲儿往前推。当她游起来时，我就凝望着她的眼睛。她划动四肢，受伤的短尾巴左右甩打着。太阳升起来了，我恍惚觉得只有她和我活在这茫茫世上。

我不会孤独地死去了。焦渴的折磨从未停歇，但只要一看到法新，我就能继续忍耐下去。

有说话声。我连头都懒得抬——一定又是白日梦。但那是男人的声音……而且很熟悉。

"嗬！水里有人！"

"那边的人，能听见我们吗？给个回应？"

"我想那可怜的家伙已经听不见了。"

"正在推他的那个是什么？一只海狮？"

我从箱子上抬起了沉重的脑袋。

"天哪，是小家伙！"

"科文顿！"

法新停了下来，沉入水中，只露出眼睛和鼻孔。我们四目相对。她打了个响鼻，向前游了一点儿。我伸出手，把手指放在她的下颌。她的鳞片很光滑，比周围的海水更温暖。我抬起了头，看见那里有一艘船。小猎犬号。

我眨眨眼睛，那艘船并没有变得模糊、摇摆不定或者消失，它真的是小猎犬号。距我们更近些的是一艘划艇。

我转向法新，她抬起前爪放在了箱子上。

"跟我来，"我低声说，"那里现在没有你需要的东西了。"

我用胳膊环抱着她，前额贴着她光滑的鳞片。一双有力的臂膀将我们从海里捞了出来。

第三十六章

"天哪,就是他,科文顿。"我听出了这个声音,是罗宾斯。我哽咽着松了口气。他用强壮的臂膀将我抱到了甲板上,粗糙的大手搭着我的肩膀。

"你现在没事了,小家伙。"

更多的声音在耳边响起,我听不懂他们在说些什么。

我用手指摩挲着船身坚硬的木头,是小猎犬号,我真的得救了。"法……法新,在哪儿……"

"他说的是那只蜥蜴吗?"

"那快抓住它！"

"哎哟！你这个小……"

"把这个家伙裹进麻袋里，达尔文先生会想看看的……"

船员们要把箱子拿走，但我紧抓着不肯放手。他们只好放弃把我们分开的打算。当我挣扎着乱踢乱打时，他们将我和箱子一起从划艇拖到了干燥的甲板上。连日来的疲惫与得救的解脱感交织在一起，我已无力支撑下去，眼前泛起滚滚黑烟，就像火山的烟雾，可是……法新呢？

附近某处传来一声鸣叫，我知道她在这里，平安无恙。我将脸贴在干燥烫热的甲板上，任由黑烟将我淹没。

"科文顿，你能听见我说话吗？"声音更大了。"他醒了，去叫拜诺先生和达尔文先生，快！"

"科文顿，我亲爱的，亲爱的孩子。"达尔文先生的声音让我清醒过来。不过我一只耳朵里的声音听起来很模糊，另一只则很响亮。我转向他，想听得更清楚一些，可浑身上下都在疼。我年轻的主人，他还活着。他把一只手垫在我脑后，将杯子递到我的唇边。

旁边排列着一张张窄床,我认出了这里是医务室的低舱房,是拜诺先生常待的地方,他是船上的外科医生。

我摇了摇头,感到船舱在旋转。"法新……"

"蜥蜴就在这里,科文顿,完好无恙。你一直不肯安静下来,直到蜥蜴待在你身边。"

达尔文先生举起了一个前面是板条的小木箱。透过缝隙,我能看见那抹绿光和黄铜色的小圆盘。我伸出手,但几乎无力举起胳膊。法新是不会喜欢被关在里面的,当她朝我鸣叫低吼时,我的喉咙哽住了。至少她很安全,这是目前最重要的。

"她是一个新物种,孩子,而且非常独特。我要将她命名为加拉帕戈斯绿蜥蜴。"

主人再次将水递了过来,我抿了一小口,发现它又咸又甜,还带有稍稍的苦味,实在太好喝了。当我试图大口喝水时,水顺着下巴流了下来。我被水呛得大咳了几声,达尔文先生用他的手帕轻轻为我擦拭着嘴边的水渍。他浓密的眉毛高高挑起,充满智慧的蓝灰色眼睛那么认真而关切地望着我,这让我很震惊。我是这里的侍从,我来照顾先生才像样子,尤其是当他因为巨浪而晕船时。他现在这样照顾我,令我感到很不妥当。

"别麻烦——"我沙哑着嗓子勉强低语道。

"别胡说,孩子。这段日子你受了不少苦。"他靠得近了些,"你救了我的命,科文顿。我已经告诉大家了。我们没想到……我们看到了纳伯勒岛的火山爆发。"

我大口啜饮着水,脑海中的疑云渐渐散开了。这么说,那座岛屿的确是纳伯勒岛,而火山爆发使他们找到了我。

"那些蛋呢?那些龙蛋?"

达尔文先生轻声笑了起来,眼里闪着令人熟悉的光芒。他脸颊旁的短腮须已长成了络腮胡。看来从我上次见到他起,他就一直没有刮过胡子。

"相当独特的标本,我非常赞同。你真机灵!身处那般艰难的困境,你还能找到它们。不过我敢说,如果没有那个防水的木箱子做你的浮漂,你恐怕已葬身大海了。你是碰巧看到鸟产下那些蛋吗?我猜是一只巨大的松鸡,或是某种加拉帕戈斯的大企鹅……原谅我,亲爱的孩子,在你完全恢复之前,还是不要去想这些问题了。"

他用一块湿布轻轻擦拭我的额头。我望着他,使劲儿用胳膊肘撑起了身体。

"它是……一条龙。"我低声道。

第三十七章

达尔文先生又笑了,但皱起的眼角却写满了忧虑。"拜诺说你遭受了可怕的攻击,很可能会导致脑震荡。你的一只耳膜穿孔了,长期暴晒也造成了不小的伤害,而火山释放的有毒气体可能会引起……"

"……不!"我惊诧于自己陡然增大的声音。"那儿有一条龙。我找到了它的巢穴,那些是龙蛋。"

我对自己的无礼感到震惊,我竟然这样对自己的主人说话。但达尔文先生什么也没说,只是将手轻轻放在我的肩头。我这才意识到肩膀处也包扎着绷带,而且自己几乎浑身都裹着绷带，遍体都是烧伤。

"那时你正处于谵妄状态，一刻也不肯安静，直到我把箱子和那只蜥蜴带了过来。现在，那些蛋仍在箱子里面。"

他走到医务室的另一侧，掀开箱子盖。我看到了一道金光。

"我叮嘱拜诺先生和船员们都不要碰它们。菲茨罗伊也不会干预此事。如果我的小救星对某种稀有标本特别感兴趣，我至少能帮他满足这个愿望。"他靠近了一些，语气变得更加柔和，"你应该知道这些蛋是不会存活的吧，亲爱的孩子。我们从没有成功带回过活的蛋类标本。据饮食状况来看，那只小蜥蜴的情况可能要好一些。"

把这些蛋带回去？八枚龙蛋！极有可能这是世界上仅存的龙蛋了，如果它们不能在旅途中存活……

"不！它们属于这里，属于加拉帕戈斯群岛。"

达尔文先生搔了搔胡须，轻轻摇了摇头，眼睛下面堆起了忧虑。

"我们最好把蛋液倒出来，或者把它们贮存起来，这样它们至少不会腐坏……"他咽了一下口水，移开视线。他想在龙蛋上开一个小孔，将里面的东西吹出来——或者，如果里面有幼崽，它们会……

"不！"我哑着嗓子尖叫道，一边挣扎着坐起身，"拜托了……先生，不要……"

达尔文先生轻轻按下我的肩膀，让我躺回到枕头上。

"科文顿，拜诺先生说你绝对不能激动，你现在必须休息。我不会碰这些蛋和蜥蜴。我向你保证。"

我的眼皮变得极其沉重，话也开始说不利落。关于蛋无法存活的问题，他说得没错，但一定有办法解决。它们在别处或许会有一线生机，也许，它们就快要孵化了。

"它们不能死……它们是唯一……把它们留在阿尔伯……马尔，"我喘息着，"一个……洞穴里……"

我的喉咙卡住了，于是又小口喝了些水，现在我有一种想呕吐的感觉。

"我很抱歉，亲爱的孩子，相信我。可我们现在已驶离加拉帕戈斯群岛大约五百英里了。我们的下一站是波利尼西亚，距离这里超过四千英里。"

我惊恐地张大了嘴。我早已精疲力竭，但我竭力保持清醒，我得让他相信我的话。我清了清喉咙，皱紧眉头。

"它是一条龙,我以我的生命发誓。一个奇迹,比一头鲸……还大。它有鳞片,外形像爬行动物,还有四条腿,皮革一样的翅膀大到不可思议……我没有精神错乱,先生,我发誓……"

我沙哑的絮语渐渐没了声息。尽管我觉得自己的头仿佛要脱离身体了,但还是尽力拿稳杯子。达尔文先生望着我,就像在观察一个新标本。如果这位年轻的科学家想扬名立万,他必须明白这将是他一生的重要发现,并一定能使他声名远扬。

"先生,您总是对我说,打开眼界,放开思维。您发现的巨大头骨化石……那些古老的巨型动物们,先生,但它们是活着的,完全……活着的……一条龙。如果这些蛋无法存活……"

我的声音逐渐含糊,眼皮也耷拉下来。我试图睁开眼睛,但失败了。

一阵拖曳的声音响起。达尔文先生把箱子挪到了我的小床边,将我的手放在了干燥的木箱上。

疲惫将我彻底淹没,我想知道外科医生究竟往水里放了些什么。

第三十八章

当我再次醒来时,达尔文先生端来了一碗骨头汤。那是船上的厨师菲利普斯专门为我做的。闻到它诱人的香味,我的口水都要流下来了。但我先查看了一番关着法新的板条箱,透过木板间的缝隙,我只能看到一点儿绿色。我得把她弄出来。

"她吃过东西了吗?喝水了吗?先生?"我问道。

"是的。"达尔文先生说,"她什么鱼都吃,连骨头都吃,一点儿也不挑剔。"

当他喂我喝汤时,我偷偷瞥了眼达尔文先生的脸。

我的胃舒服多了，船舱也不再旋转。我们之间有些东西改变了——主仆的关系不再像以前那样泾渭分明。

"法新受伤了，先生。我想帮她检查一下。她不危险……求您了，先生。"

达尔文先生皱了皱眉："你是说在医务室里把她放出来？我想拜诺先生和船长不会同意的！"

"这里没有人。他们也无须知道，先生。"我飞快地说，随即满脸通红。我竟然打断了先生讲话，况且我的请求也很鲁莽。

达尔文先生站起身来。我期待他能拎起板条箱，将法新放出来。但他只是摇了摇头，穿过舱室，将房门关上了。接着，他扶我坐在了床铺边。我有些发抖，但感觉好多了。

达尔文先生将板条箱的前门拉开，把凳子向后挪了一些，观望箱子内的动静。法新蜷缩在板条箱深处的阴影里。

我滑到地板上，穿着睡衣盘腿坐在法新面前。

"法新，你在这里是安全的。"

小蜥蜴轻轻摇了摇尾巴，过了一会儿，她朝我爬过来。我伸出手去，她用鼻子蹭了蹭，发出一声柔和的低鸣。我咧嘴笑了。尽管我的目光片刻不离法新，但从眼角的余光里，我看到达尔文先生正探身向前，想更仔细地观察法新。在暗棕色的舱室和板条箱的映衬下，她的绿鳞看起来几乎如彩虹般绚丽。她的眼睛映着灯光，闪耀着崭新的黄铜色。

"现在我明白你为什么叫她法新了。"达尔文先生低声道。

我点点头。法新大着胆子，从箱子里探身而出，打量着整个房间。她依然不敢离我太远，长满鳞片的褶伞紧贴着脖颈。我能看出来她很害怕，但至少她尾巴和肚子上的伤口结痂了。

"她看起来状态不错。"达尔文先生说。

他的声音很轻柔。防风灯下，法新拉长的影子落在了他的脸上。

法新朝空中抽了抽鼻子，小心翼翼地走到了门口。她嗅了嗅门的底部，又接着去探索小舱室其他的角落。达尔文先生和我只是静静地望着她。

长时间坐在硬邦邦的地板上，令我感到一阵阵晕眩，我不得不回到床上。刚一躺下，法新就跳了上来。她趴在我身旁，脑袋枕在前爪上。

"不同寻常。"达尔文先生说，我赶紧点头表示我的认同。"和岛上的爬行动物相比，她鳞片的形状和颜色非常独特。暗绿色？我得请教一下沃纳。"达尔文先生继续说。

"我认为是淡黄绿色，先生。"

我们相视而笑。

"你说得很对。但我们不能让她——到处乱跑……"

"就一小会儿行吗，先生？她救了我的命，不止一次。"

舱室里一片静默，只有船板吱嘎作响的声音。窗外，绳索敲打着系缆桩①，船帆在风中鼓噪。法新救了我的命，而我救了达尔文先生的命。

他清了清嗓子，目光在法新和我之间徘徊。

"噢，是这样，你有了一段不同寻常的经历，我的好伙伴。"他停顿了一下，我无法直视他的目光，达尔文先生之前从未这样称呼过我。

"我非常想了解整件事的来龙去脉，从我们在暴

---

① 系缆桩，是指固定在甲板上或码头边，用以系缆绳的桩柱。

雨中失联的那一刻开始。如果你准备好了的话，可以告诉我。"

我笑了，伸手拿起水杯。有法新在身边，我准备好了。

第三十九章

我把一切都告诉了达尔文先生,包括那些极其不可思议的细节。漫长的讲述过程中,我的主人摸着胡须,锐利的双眼意味深长地看着我。他没有打断我,也没有做笔记。我有些磕磕巴巴的,因为尽管我们一起度过了漫长的时日,但我几乎从未提起过自己的事情。可现在,我还是决定把一切都说出来,甚至包括我和刮擦器的对话。这次讲述,让那些离奇的经历再次真实地浮现在我眼前。

讲完后,我呼吸急促,脸颊发烫。达尔文先生让我先喝些水。等我平静下来后，他把一些东西拿到了灯下。它们闪着灿灿金辉。

"孩子，在你睡着的时候，拜诺先生从你的脚底取出了这些危险的东西，它们相当尖利。这预示着你提到的龙蛋，其中至少有一枚已经……孵化了！"

我伸出手，他将蛋壳碎片放入我的掌心。那是一块弯曲的三角形裂片，和我的拇指指甲一样长，底部几乎和指甲同宽。它外表是金底黑纹，内里呈苍白色，泛着珍珠般的光泽。它摸起来很薄，却相当硬。已经孵化了？

我不需要看那些龙蛋就知道，这是一枚和它们一样的蛋。

"我亲自检查了所有的蛋，"达尔文先生说，"没有一个破裂的。"

法新已经把所有的龙蛋都推到了我怀里，岩脊上也不可能有刚孵出的幼崽。会有吗？

我脑海中浮现出一条小金龙。它很可能像一只幼鸟那样眼盲无助，从岩脊掉进了骨头堆，无人察觉。岩浆即将灌满洞穴……我不由得打了个寒噤。巨龙妈妈活了下来，当它在海面找到我时，也许已经救出了幼龙。

达尔文先生深深叹了口气,揉了揉自己乱蓬蓬的细发:"我会认真考虑这件事的,科文顿,我向你保证。但我无法想象这只动物的骨骼结构,它长有四肢,还多出两个肢翼——也就是你所描述的翅膀。没有动物具备这样的生理特征,这明显是不可能的。而且,如此巨大的生物要离开地面,飞起来……这违背了物理定律,亲爱的孩子。"

我瘫倒在枕头上:"您不相信我,但这是事实,先生。"

"我知道你相信这些。历经这么多严酷的磨难,你这样胡思乱想没什么好大惊小怪的,一点儿也不用感到羞耻。"

达尔文先生不相信我,是因为他不能相信我。这不是他的错。起初我也不信。我以为是一头会飞的巨兽将我带入空中。龙的存在确实令人难以置信。

"好了,如果你感觉好些了,拜诺建议你到甲板上待一会儿。你唯一的任务就是尽快恢复健康。不过我想,关于你在纳伯勒岛的……方方面面……你我二人知道就可以了。你尽可以和船员们分享你的冒险经历，但有的部分也许可以不用提……

"那条龙。"我说。

达尔文先生点了点头。我理解他的用意。若被当成了在加拉帕戈斯荒岛上丧失理智的可怜虫，对我没有任何帮助，我还得保护法新和这些龙蛋呢。

我伸手去摸床边的箱子，法新蹭了蹭我的手腕。

龙蛋是安全的。在那一刻，我选择相信它们会孵化出来。当它们成功孵化时，大家会目睹真相的。

第五部

……对万物生灵的爱,是人类最高贵的品质。

查尔斯·达尔文
《人类的由来》

第四十章

我们旅途的下一站是波利尼西亚的塔希提岛。岛上风景秀丽,四周环绕着珊瑚礁;青山在绿松石玻璃般的潟湖①中秀然挺立。我已经有足够的气力上岸,并坚持带着法新一同前往。这里的人们是我们沿途所见过最友善的那一类,对跟随我的绿色小蜥蜴也毫不介意。我们储备了一些肉类和水果。甜香蕉是最受欢迎的。因为接连一个月,我们的食物只有

---

① 潟(xì)湖,是指海水冲积土地时,所挟带的泥沙堆积成沙洲,使沙洲与陆地间海水不易与外海沟通而形成的湖泊。

自己捕的鱼和菲利普斯厨师的炖杂烩。炖杂烩是午餐的配给——先将土豆、洋葱、咸猪肉炖熟煮烂，再加一磅船上的饼干浸泡而成。

新西兰又是另一番景象。桫椤树给达尔文先生留下了深刻的印象。但岛上动物比较少，这令他感到很遗憾。我们都迫不及待地想要离开。也许很多海员急切地盼望回到英格兰。但我不是，我在船上已经拥有了想要的一切。

"陆地啊"的呼喊声再次响起。尽管没有望远镜什么也看不见，我还是挨着达尔文先生聚集到了船的护栏处。我的裤腿被法新扯了一下。我赶紧蹲下，将一只手臂平放在甲板上，这样法新就能沿着我的胳膊跳到我的肩膀上。她随后会趴在我的肩头，像条大披肩似的。她不常这样做，可我很享受这样的时刻，虽然她的分量比过去重多了。到目前为止，我们已经获救一个月了。

我看了看长官们的队列，达尔文先生坚持要求我加入他们。我和长官们在一起的时间已多过和水手们相处的时间。没有了小提琴，我也几乎没有理由待在水手食堂了。达尔文先生让我在船长舱室工作，我在那里忙于准备标本，贴标签，记录和绘图。我从加拉帕戈斯群岛的创伤中恢复得极快，给拜诺先生留下了深刻的印象。我的身体状况和精神状态都不错，只是耳朵再也无法恢复如初，其中一只耳朵的听力几乎完全丧失了。起初，这让我走路有些摇摇晃晃的，但现在我已经习惯了。拜诺先生对此一直有些疑惑。

"鼓膜看起来破裂了，这是怎么发生的？"他通过一个漏斗状的仪器看了看我的耳朵。

"一声巨响，先生。"我望了达尔文先生一眼。他站在医生身后，摇了摇头。

"噢。我从来没有见过类似的伤情，是什么发出的声音？"

我眨了眨眼睛，瞥了达尔文先生一眼。"是……火山，先生。"我说道。

两位绅士都陷入了沉默。

"更像是感染造成的伤害。"拜诺先生一边整理箱子一边说。我的主人则由摇头变为了点头。

我接受了达尔文先生的建议，把自己关于巨龙的记忆和想法都封存了起来，就像把龙蛋锁进木箱里那样。

我对龙蛋和法新的异常态度让菲茨罗伊船长有了"关心的理由"。他很可能认为我头脑混乱，而达尔文先生也糊里糊涂地放任我。不过他对此也无可奈何。在海上能找回一个大家都以为失踪了的孩子，并且时隔六天还活着，这对航船来说代表着好运气。水手们都向我脱帽致敬。总的来说，这些水手是一群极富想象力的家伙。有些人甚至摸着我的肩膀喃喃低语，一只手还紧握着十字架和护身符，希望我能将好运传给他们。法新第一次从船舱溜出去时，我很担心她会跳过护栏游回自己的故乡，又担心会有水手对她不利。不过这些都没有发生。没过几天，全体船员，甚至包括船长，都默许了法新能在甲板上游荡。她从不毁坏任何东西，而她好奇的天性和活泼有趣的性格也令大家捧腹不已。她甚至赢得了船上的对手——一只大猫的欢心。当法新抓到老鼠时，她会把它们送到懒洋洋的大橘猫身边，供其享用。法新自己从不吃老鼠。她更喜欢吃我们捕捞的鱼，尤其是螃蟹和龙虾，她会把它们连壳带肉都嚼碎吞下去。

我每天都和达尔文先生一起在船舱内工作。不过我的身体日渐强壮起来，我也终于说服达尔文先生让我回到甲板上做一些轻松的活计了。法新喜欢上了攀爬主帆的桅杆,在太平洋的阳光下休憩享受。即使在桅杆上作业的水手——他们常认为自己高人一等——也对她毫不介意。我工作时,她就从高处望着我。到了晚上,我会哄她回到板条箱里。她似乎也习惯了这样的生活。是的,这真是奇怪的一个月。

正当我浮想联翩的时候,达尔文先生打断了我的思绪。"多美的风景啊!我听说这儿的生活和看上去一样惬意。"

前方是悉尼港。阳光下,码头的水面荡漾着层层波光,淡绿色的低缓山丘挺立其后。即使相隔遥远,城镇看起来也井然有序,布局合理。海湾天然的形状庇护着这座城镇远离大海的侵蚀。

"科文顿,你准备好了吗?我打算立刻带你上岸。不过法新得单独留在船上一会儿。"

我张了张嘴,旋即又闭上了。达尔文先生知道我不喜欢把法新关起来,可他转头望着我笑了。他的眉毛高高挑起,眼里闪烁着光芒。"相信我,好伙伴。这是值得的,甚至连法新都可能会同意。"

第四十一章

铃声响起,我们走进一家乐器专卖店。我打量四周,嘴巴顿时张得老大。小提琴,是的,还有其他的乐器。阳光透过窗户照在铜管乐器上,闪耀着令人眼花缭乱的光彩。所有的木制乐器都被擦得锃亮,为我平生所仅见。店铺里弥漫着富有和绚丽的气息。

"任你挑选,科文顿,一点儿都不要在意价格。"达尔文先生说,"店里的每把小提琴你都试试,我会买最适合你的那一把。"

店主扬了扬眉毛，站在一旁，大拇指插在马甲的口袋里。尽管脸上堆满了笑容，但他看起来仍有些困惑。我下船时特意洗漱收拾了一下，穿着一套干净但破旧的水手服——白裤子和蓝色短上衣，没有戴帽子。不过这套水手服是其他水手的旧衣服，我的那套早就小了。我猜自己看起来不像他平时见惯的顾客。

我的脸唰一下红了，低头盯着地板，真希望此刻法新能伏在我的肩头。罗宾斯正替我照看她，当我爬进划艇时，她呜咽着呜叫不停。从她上船以来，我们还没有分开过。我应该留在甲板上的，高档的乐器专卖店不是我的世界。

达尔文先生把店主拉到一旁，在他的耳边悄声低语。

我攥着双手，望着窗外走过的人们。悉尼是个新的城镇，也几乎算得上是座城市。它和我在旅途中见过的任何一个地方都不同。从公园的名称到尘土飞扬的道路，再到房屋的风格，处处都回荡着英格兰的声音。但湛蓝的天空下，这一切都显得那么清新且富有生机，一点儿也不像我那晦暗又雾蒙蒙的家乡。悉尼就像一个快乐的弟弟，穿着灯笼裤，带着球和铁环在街上蹦蹦跳跳；而他的哥哥伦敦，则在黑暗中费力地拖运着煤球。尽管我已经失去捕捉标本的热情了，但只要法新在，我会很乐意陪着达尔文先生去探险，并去周围他们称之为丛林的小山中旅行。

店主绽开了笑脸。"你好，西姆斯·科文顿！"他大声说着，热情地握了握我的手，"原来是你啊！小家伙，你的历险经过成了镇上（从港口的酒馆到女士们的休息室）的热门话题啊！"

我这才想起来，这里是澳大利亚而不是英格兰，顿时感觉轻松多了。那条"衣着褴褛的孩子不能进入高档店铺"的规矩，在这里并不适用。这里的口音也有所不同。澳大利亚的语调明显上扬，仿佛每件事都是一个尚待解答的问题。在地球的另一端，这里好像什么都有可能发生。

面对店主坚定有力的握手，我也紧紧握了一下作为回应。他把手臂搭在我的肩膀上，带我走过一排小提琴，依次向我介绍每种琴不同的优点，包括木料、弦轴、琴弦、制作者、制作日期和产地等。信息太多了，我一下子有些记不住。

达尔文先生从挂钩上取下了一把小提琴。"我知道它不能代替刮擦器。不过我想,是你再演奏一曲的时候了,对吗?"

我从主人手里接过那把漂亮的小提琴。它有一个高档的腮托,完美地贴合着我的下颌,这和刮擦器坚硬的线条感觉不一样。我的手颤抖起来。

我将弓拉过琴弦,闻到一阵松香的气味。最初响起的几个音符带我回到了纳伯勒海岸——我正用珍贵的松香修补小船接缝处的缝隙。到了第二小节,我闭上双眼,任由自己被旋律带回过去,久远的过去。我只是一个小小的男孩,伸手仅能够到小提琴的琴颈。爸爸粗糙的手指覆盖在我的小手上,帮我拉响了人生第一个音符。

第四十二章

回到英格兰的前两个月,达尔文先生和我整日忙个不停,以确保运回来的标本得到安全地储存及维护。

现在,在他剑桥的新房间里,达尔文先生正躬身伏在红木桌前写一篇论文。几周后,他将在地质学会首次发表这篇论文。

我撬开了又一个装有标本的木箱。这只箱子是从巴塔哥尼亚运来的,里面只有化石。我拿起一个古老的巨大骨骼,想起了巨龙妈妈试图从岩浆里挣脱的情景。我摇了摇头，尽力驱散这些回忆。每天都有更多达尔文先生的海运物品抵达伍尔维奇码头。我需要将它们编成目录，再分送给合适的先生们。这项工作看起来好像永远都不会结束。天气寒冷阴沉，正如我们回来后的每一天。现在才刚刚十二月，以后这样的日子还长着呢。真期望能有一抹澳大利亚的阳光照在我脸上。但实际上，我几乎没什么好抱怨的。达尔文先生和我租住在一座舒适的公寓里。我的工作稳定，报酬丰厚。而最称心的是，法新和我几乎寸步不离。

我低头看了看手，烧伤留下的凹痕依然存在。蓦然间，我仿佛又回到了巨龙的巢穴，岩浆在我身后穷追猛赶，法新在前方奔跑，龙蛋在胸前哐啷作响。我的脖子被汗水刺痛，似乎再次体会到了那种酷热。今天的回忆太多了，我忽地意识到达尔文先生在叫我。

"科文顿，西姆斯·科文顿！你看起来好像身处英格兰，而心完全在另外一个地方。"

我受损的耳膜一直没有完全恢复，那只耳朵已部分失聪。但每当达尔文先生抱怨我不认真听时，我都不想提醒他，因为他自己也有诸多病痛要承受。我年轻的主人要么身体强健、精神饱满，要么就会由于胸闷心悸和头痛而卧床不起，从来都没有中间状态。

"对不起，先生！"

"不要紧。"他捻着胡须，"你还记得那些小鸟吗？在加拉帕戈斯群岛时，你保存下来，作为自己收藏品的那些？"

"雀鸟吗？我记得。但先生您的标本才是最好的样品。"

"是的，是的。"他有些不耐烦。长时间伏案工作，使他的眼圈有些泛红。"我自己贴的标签，但信息恐怕不够完整。你在你的标本上写明准确的地点和岛屿了吗？"

"当然，先生。就像您教我的那样。"我说。

"太好了，谢天谢地。和我这个做老师的相比，你是个更棒的学生。古尔德，来自皇家学会的鸟类学家，已经同意帮我绘制草图和鉴别它们了，可惜我自己的记录不够完全。"

我打开书桌的抽屉，找到了航海日志。上面整齐地记录着我的小藏品，包括日期、地点和它们的草图。我翻到相符的那一页，将它递给了达尔文先生。这些草图勾起了我的回忆，那些火山喷气孔、海水……

"还有一件事，先生。我在纳伯勒岛发现了一只非常相似的雀鸟，当时它正在吃仙人掌上的一朵黄花。和我之前见过的雀类相比，它的喙更长，也更尖一些。"

我的主人抬起头来。他柔软的头发支棱着，嘴唇上还有一个墨水渍。"仙人掌花，你记得够清楚吗？能为我绘制出那只鸟的细节吗？"

"是的，我想可以，先生。"我说。

"那么请你把它画下来，科文顿，现在就画。"他说。

我拿出一张绘图纸开始画。达尔文先生点点头，继续他的研究。

法新从窗台上抬起头，低低叫了一声。她最近总是无精打采的，不是待在壁炉边，就是像这样，好几小时都趴在窗台上，仿佛在晒太阳。阳光惨淡，我不确定英格兰是否适合她，甚至也不确定是否适合在海上漂泊了五年的自己。我用手摸了摸衣领的内侧，它被浆洗得硬邦邦的，令人发痒。

达尔文先生低声咕哝了几句。法新猛地抬起头，跳到地板上，接着又蹿到了门前。她用爪子挠着门，又是叫，又是咆哮。

"科文顿,让她安静点儿。你知道我不能让这只蜥蜴吵到我!"

一阵急促的敲门声响起。不待回应,我们和其他公寓共同的管家哈维太太就迈进屋里。她面颊发红,帽子外面露着灰白的鬓发。法新尖叫一声,把她吓得闪身跳开,小蜥蜴趁机倏地从房门飞蹿而去。哈维太太倒抽一口气,微微行了个屈膝礼,发红的双手攥着围裙。

"法新!"我大叫。

"达尔文先生,"哈维太太强自镇定,"我实在无法应付这些意想不到的害虫了。那个……蝾螈什么的……"她朝法新刚才离去的方向指了指,"已经够糟糕的了,但我差点儿用扫帚打死那个新来的小家伙。"

第四十三章

达尔文先生放下手中的工作,抬起头,对哈维太太皱了皱眉。她一向很稳重开朗,可现在看起来颇为烦躁。她说的"新来的小家伙"是什么呢?

"这里有害虫吗?请投放些杀虫剂,哈维太太,要快。"达尔文先生厉声说,"这周围不能有害虫,我们是在和脆弱易损的标本打交道。"他锁着眉头,又继续埋头于自己的研究。

哈维太太直起身,嘴唇颤抖着,显然被吓坏了。"问题就出在您的标本上,先生。厨房根本不是合适的地方……那样闪亮的眼睛……老天保佑,我还以为那是个魔鬼。"

我眨了眨眼。小家伙?闪亮的眼睛?在厨房里?达尔文先生和我哗的一声推开椅子,同时站了起来。我没有等他,就沿着狭窄的楼梯冲了下去。

厨房很暖和,弥漫着新鲜面包的香味。法新已经到了火炉旁的空隙处。她后腿直立,挺起身子,把鼻子探进敞口木箱的盖布底下。那块布正在动,里面传来窸窸窣窣的声音。我的心跳到了嗓子眼,手颤抖不停。我走过去,想要揭开盖布,但又实在伸不出手。

这真的会发生吗?如果所有的蛋都孵化了,那将会有八条……八条龙。我想起了它们的妈妈,那巨大的力量和身形。

达尔文先生俯身向前,将布掀起了一条缝,仅够我们向内窥探。那双明亮的眼睛,相比它摇晃的小脑袋,似乎有点儿大得过分。那个刚刚破壳而出的小家伙听到动静,不再移动,而是抬起头直直地盯着我们。我眨眨眼,又摇了摇头。我见过那双眼睛,认得那聪颖、好奇的眼神。它张开了嘴,里面呈粉色,边缘参差不平。我知道,有一天那里会长满小小的牙齿。它发出一声呜咽，听起来就像一只猫在乞食鱼骨头。它也的确和一只初生的猫咪一般大。

但它绝不是一只猫咪。和巨龙妈妈的金色不同，它是绿色的，具体地说，是淡黄绿色。这刚孵出的小家伙不是一条龙，它是另一个……法新。

第四十四章

可是，这只刚孵出的小家伙不可能是另一个……法新。不可能！我见过巨龙妈妈是怎么保护龙蛋的，它还尝试用嘴衔起这些蛋……

我将盖布完全推开，俯身检查这只初生的幼崽。我想在它小小的背部和身体两侧找到些证据。一般来说，新孵出的鸟类翅膀都会非常小，而随着身体的成长，翅膀也会渐渐长大。但它身体两侧都是平滑的鳞片，和法新一样呈绿色——没有翅膀。

"如果不是亲眼所见，我是不会相信的。你是一个奇才,科文顿,一个奇才!"达尔文先生惊呼道,"你竟然能让一枚蛋在那么危险的旅途中幸存下来!这个小家伙看起来很健康,而且它极有可能和我们的法新是同一物种。法新太奇特了!当蛋处于险境时,她居然能把你带去巢穴。通常只有父母才能表现出这样的保护行为。"

我不明白。我的目光在法新和新孵出的小家伙身上来回打量着。是一样的绿色。但法新的身体太小了,不可能是妈妈……实在太小了。这种情况一定还有别的解释。

巨龙的巢穴里,有一枚蛋已经孵出来了。

"蛋壳,我脚上有一块蛋壳。"我说道,手臂上起了一层鸡皮疙瘩。

法新跳到箱子边缘,把鼻子伸了进去。新孵出的小家伙抬起小小的三角脸,四处嗅了嗅。法新用鼻子碰了碰它的鼻端。我们还没来得及阻止,法新就爬进了这个临时小窝,围着小家伙蜷成了一团。她看起来就像一只杜鹃待在偷来的鸟巢中,显得庞大且格格不入。

"嘿,我从来没见过这样的事情。"达尔文先生柔声说。

我脚底的蛋壳碎片就来自于孵出法新的那枚蛋。不知什么原因,我的法新比其他幼崽孵出来的时间早了些。

达尔文先生是对的。它们和法新是同一物种,这点毫无疑问,但却不合情理。

除非……它们全都是巨龙的幼崽。

法新在巨龙的烈焰中活了下来。

巨龙在自己的巢穴中没有攻击法新。

法新不顾一切地要拯救这些蛋,因为这里面是她的兄弟姐妹。

一想到这儿,我知道谜底已然揭晓。

法新是一只幼龙。她脑袋是楔形的,虽然她母亲是金色的,她的鳞片呈绿色,但某种程度上却是相似的……

达尔文先生和哈维太太的话语在我听起来,仿佛是来自远方的嗡嗡声。

其他的蛋都没有动静。

"法新也是从这窝蛋里孵出来的。"我说。

我看着达尔文先生,他的眼睛闪着光。此时此刻,历史正在被创造,根本不需要提到龙。一枚加拉帕戈斯群岛的蛋,存活并孵化,这就足够了。真相一下子来得太多了。

"看起来不大可能,但也并非绝对。我们对这些爬行动物的繁殖一无所知,法新就相当独特。"达尔文先生说。

"它们全是……龙。"我说。

"龙?我的老天呐!"哈维太太倒抽一口气,"我将不会被……"

"没什么可担忧的,哈维太太。"达尔文先生眉头低垂,向我递了个警示的眼神,"有一种叫作科莫多龙的爬行动物,伦敦动物学会就有。科文顿说的就是它。"

我嘴唇紧闭,是我错了吗?

达尔文先生直起身,拂去膝头的灰尘。

"我会立刻联系动物学会。科文顿,看着这只小家伙,别让它从箱子里跑出去。哈维太太,我需要你为我们的新客人找个临时的笼子。给你这个!"他掏出口袋里的记事本,写了些东西递给她。然后,他就陷入了沉默。

"我看，得给这可怜的小魔鬼喂点儿什么。"哈维太太说。

"它们吃鱼。"我脱口而出。

"我用面包皮和牛奶做成奶糊吧。"哈维太太自顾自地说着，像往常一样无视我，"你得用一把小勺喂它们。我还是个小姑娘时，养过一只从窝里掉下来的小鸟……"

达尔文先生打断了她："哈维太太，请抓紧时间，不然公寓就会成为这些蜥蜴的天下了。"

"好吧，"她摘下围裙，将头发捋回到帽子里，气呼呼地说，"鲭鱼是我为晚餐准备的，如果被你们用来喂这些小家伙，那你们今天晚上就还是吃冷肉片。"

"如果您能把鲭鱼放在外面就太好了，谢谢您，哈维太太。"

"如果你们用整条鱼，会把它们噎死的，得把鱼切碎，捣成糊，去掉骨头！"

"请不必费心了，哈维太太。科文顿是这些……蜥蜴方面的专家。"

第四十五章

在接下来的一个月,蛋一个接一个地孵化了。法新和它们一起睡在箱子里,蜷缩在挤挤挨挨的绿鳞中间。每枚龙蛋孵化之前,她都会把我从书房引来。我就会用一个小小的调料勺喂它们鲭鱼泥。

每次孵化至少间隔两天的时间,有几枚蛋花了三天。这是达尔文先生之前从未见过的。关于法新是这些幼崽的姐姐,甚至有可能源于同一窝蛋的想法,达尔文先生现在认为我或许是对的。他的同事们前来拜访时,也感到惊诧万分。通常情况下,一窝蛋会同时孵化。但，这些龙蛋却并非如此。

我并不感到奇怪。毕竟，从未有人见过一窝龙蛋。但在这一点上，我缄口不语。

我的房间成了蜥蜴保育所。与此同时，动物学会正在为它们建一个专门的围场。它们每天花很长时间睡觉，吃得也很多，也在一天天逐渐长大。它们生长的速度很快，最初孵化的小家伙现在几乎和法新一样大了。

但火炉旁的木箱里还剩下一枚蛋，是最后一枚，距离上一次孵化已经有五天了。

"达尔文先生，科文顿，开始了！"哈维太太在厨房里大声招呼着。现如今，她已经非常喜爱这些"巨型蝾螈"了。

我们同时从自己的书桌前抬起头。

"请给惠特比太太捎个信儿，哈维太太。"达尔文先生说，"我昨晚才在不列颠协会的演讲现场见过她。她就住在附近，非常渴望能亲眼见证一次孵化过程。"

达尔文先生与一些人保持定期的书信往来，玛丽·安妮·惠特比太太是其中之一。她是一位桑蚕养殖方面的实验者。她身着散发紫罗兰香味的灰裙子，头戴朴素的黑色软帽，跟随哈维太太走进了厨房。她压低声音，语气激动，和主人小声交谈着。最后一枚蛋正在摇摆颤动。法新紧盯着它，鼻子靠在箱子边缘，一动不动。蛋的晃动和敲击声慢了下来。

达尔文先生已经指示我不要干涉任何一次孵化过程。

法新低声哀鸣。

"去吧，法新。推它一把或干点儿什么？"我小声说。法新把头扭到一边，并没有移动。

"每窝幼崽都有最弱小的一只，我想它很快就会死了。"惠特比太太眼眶上夹着一个单片眼镜，"但对你来说却是个好机会，达尔文先生，这是一个可供解剖的标本。你要尽早决定，否则它很快就会变质了。"

达尔文先生用两根手指摩挲着额头："确实，里面的小生命可能不够健康，无法存活。这在大自然中是有重要原因的……"

眼前的达尔文先生仿佛已经戴上了套袖，手术刀和解剖工具在他面前一字排开。我见过太多这样的场景了。一个曾经活着的生物，成为一具尸体，被钉住，贴上标签，接着是一系列的草图绘制和观察报告。最终只剩一片狼藉，由我来清理。

主人发现我正望着他，便不再说话，尴尬地咽了下口水。

这枚最后的龙蛋只是微微颤抖了一下。

第四十六章

我挪了挪，站到惠特比太太和宝箱做成的临时小窝中间。接下来该怎么办？我看着法新，思绪又回到了纳伯勒岛。那时她尾随在我身后，躲避我的视线。当我用刮擦器演奏乐曲时，她会仔细聆听。

"拜托您了，再给我一点儿时间。"我说道。

"不用着急，科文顿。"达尔文先生说。

我冲进另一间屋子，拿起新买的小提琴，返回火炉边站好。我演奏了一首奇特的吉格舞曲。这首曲子能让最困乏的老水手都跳起来，参与到船上的热闹中去。我从未失手过。

达尔文先生向我点了点头，表示鼓励。

"这些生物对科学来说极为重要。如果火山吞没了那座岛屿，它们可能是这一物种仅存的后代了。小提琴的振动或许有助于孵化，而且一个活标本要更有价值。"他说道。

惠特比太太轻嗤了一声，但没有反驳。

我思索着达尔文先生的话。我想到演奏时，在胸口正中的位置，最低的音调会产生最明显的振动。于是，我把敞开的马甲扣到差不多最上面，然后从小窝里拿起最后一枚蛋，将它从未系的领口塞进胸口的位置安放妥帖。它紧挨着我的心脏，热乎乎的温度穿透了我的衬衣和背心。我拿起小提琴，演奏了一首节奏缓慢的歌谣。

一曲终了，龙蛋仍在我的肋骨间振动着。里面的小家伙还活着，我确定它能听见并感觉到我。

"您丈夫曾提及，您是教堂唱诗班的一位优秀女低音，惠特比太太？"达尔文先生说。

再拉一首赞美诗，就是它了。

我再次拉响了《奇异恩典》，惠特比太太也参与进来。她的嗓音清澈沉稳。小提琴的旋律不像在加拉帕戈斯群岛的熔岩管里那样激荡回响,但它依然把我带回了那里。

我一边演奏,一边低头查看。蛋壳表面出现了一道细微的裂缝。我停止演奏,用双手将龙蛋捧在掌心。

我没有理会惠特比太太的咕哝,也没有征求达尔文先生的许可,用手轻轻地剥开了那道裂缝。里面的蜥蜴伸出一只小小的爪子。接着,蛋壳在我的掌心裂成了两半。我手里握着的是另一个微型法新,完美无缺,只是比其他的蜥蜴要小一些。它目光茫然,却很明亮。

这个小生命盯着我,脑袋在细长的脖子上晃晃悠悠。它用力往上爬,可失去了平衡,向后倒进自己的碎蛋壳里。

小家伙的一只黄铜色眼睛里,贯穿了一道银色条纹,像一枚闪闪发光的六便士。

第四十七章

"欢迎来到这个世界,小六便士。"我轻声说。

法新跳到了箱子边缘,像对待每个新出生的幼崽那样,围着她最年幼的手足蜷成一团。她跳跃的时候有一些犹豫,缺少活力,这让我的胃一阵阵翻腾。法新最近都不像她自己了,变得更慢,更安静。她身侧的伤口一直没有完全愈合。上个月,她鳞片的绿色发生了改变,几乎像珍珠母一样闪耀着光泽,我想,就连沃纳先生也没有给这种颜色命名。

六便士从调料勺里小口嚗着鱼泥。我在厨房等着送惠特比太太离开的达尔文先生。

在等待和确保龙蛋安全孵化的空当儿,我一直在思索,并细细研究和观察了法新一阵子。最近她迎接我时,褶伞张开得很慢,眼睛眨得更慢。尽管不知是什么原因,她看起来像是故意奉承我,而不是真的愉快。但怎么才能让达尔文先生明白,这些动物不属于这里?因为伦敦真的不适宜这些龙栖居。

"先生,我可不可以和您讨论……一件重要的事情?"我磕磕巴巴地说。我平时并不习惯这样郑重其事地说话。

"当然,"他递给我一小杯白兰地,"为又一个小奇迹的平安降生干杯。"

我喝了一小口,脸皱成一团。

"您知道吗,先生,当我在纳伯勒岛时,巨龙妈妈的那双翅膀分散了我的注意力,再加上它一心想把我赶走,又用烈焰烧我,所以我并没有很多机会真正地观察它。"我语无伦次地说着,尽量放缓语速,"但很多事情能说得通。巨龙和这些生物有着相同类型的鳞片,它们的身体和面孔也一样,甚至包括它们的眼睛。虽然法新的眼睛呈黄铜色,而巨龙的呈金色,但在某种程度上，它们都同样异乎寻常。至于大小和颜色的不同，在动物界，像这样的母子差异并不罕见，对吗，先生？"

我有点儿前言不搭后语。可我需要让达尔文先生明白，这些对我来说是显而易见的事情。他喝了一大口白兰地，默不作声。

"……就像，一只毛毛虫变成蝴蝶，或是一只蝌蚪变成青蛙！"达尔文先生眉间蹙起了一道深深的皱纹，但我得把话说完，"像龙这样的物种，孵化的时候没有翅膀，也许只是会晚些时候在发育，抑或是当它们发育完全时再长出来。而且在某一时刻，它们的颜色也会从绿色变为金色，看！"我指向法新的鳞片。但太阳一定是隐到了云层后面去了，因为就连我也看不出她那鳞片闪耀的光芒了。

达尔文先生凝视着法新，轻轻摇了摇头。

"你是说这些蜥蜴会经历一次……变态①？然后成为龙？"

---

① 变态，这里是生物术语，指在有些生物的个体发育中，其形态和结构上经历阶段性剧烈变化。如有些器官退化消失，有些器官有变化，得到改造，有新的性状发生出来。最为典型的案例是蝌蚪变青蛙。

"是的！为什么不呢？"我说道，心在胸口怦怦直跳。

"姑且不提别的，它们是爬行动物，科文顿。爬行动物不会经历变态过程。"

"那哺乳动物还不会飞呢，可看看蝙蝠！"我无礼地说道，但于事无补。

达尔文先生叹了口气，揉了揉太阳穴。

"这一定勾起了你的许多回忆，我亲爱的伙伴。"他小口啜着白兰地，压低了声音，"但是你得理解，目前对我而言是一个关键时期，至关紧要。我正在研究的理论很重要，令人难以置信并且极为……敏感。我必须先建立起自己的声望，才能让它得到认可。我不能引起任何争议。"

"但这是事实。我知道您明白这些，先生。"我脱口而出。

"科文顿，我在这里看到的唯一一个奇迹是个男孩，他救了我的命。"达尔文先生的声音更低沉了，"一个勇敢得超乎寻常的男孩，带回了一个科学奇迹。"

我低头望着六便士。它看着比以前出生的幼崽要小一些。在它光滑的深色鳞片旁，法新看起来既疲惫又黯淡。法新也只是一个幼崽啊。所有的龙蛋都存活了，我却感到一阵毛骨悚然。达尔文先生清了清喉咙，站起身，摆正了胸前的怀表。

"眼下，我们不能让满屋子都是成长期的爬行动物，踢脚板[①]已经破损不堪了。伦敦动物学会的围场已经准备好，一旦这只小家伙足够强壮，就可以将它们安置过去了。它们会很安全。那里具备健康的环境和更多的活动空间，适合它们自然行为模式的发展，也有利于研究。"达尔文先生语气轻快。

他从没有和我说起过这事，我毫无心理准备。我张开嘴想反对，可看了看法新，又闭上了嘴。她不能待在这里，会生病的。一想到要和她分开……但我不能自私地把她留在身边，新围场或许对她有所帮助。

我别无选择，只能相信达尔文先生，即使他不相信我。

---

① 踢脚板（又称踢脚线），是楼房地面与墙面相交处的一个重要的构造节点。

第四十八章

马车在鹅卵石路上缓缓行驶。达尔文先生坐在他习惯的临窗位置，大概是想吹吹风。可事与愿违，窗外尽是伦敦夏日的恶臭。我递给他一些嗅盐①，可他摇了摇头，撇撇嘴拒绝了。他吸了口鼻烟，迅速打了三个喷嚏。像往常一样，他是个虚弱的旅行者。虽然不像在海上那样不适，但他还是承受着晕车的痛苦。我叹了口气，到目前为止，法新和她的家人

---

① 嗅盐，是一种由碳酸铵和香料混合而成的药品，对人的呼吸器官具有刺激作用，常被用来唤醒陷入昏迷的人。

已经在伦敦动物学会的新家待了八个月了。我不知道自己何时才能停止想念她。每周一次的探访令我感到心神难安,虽然心激动地狂跳,胃却由于担忧而缩成了一团。这些蜥蜴被正式命名为加拉帕戈斯绿蜥蜴,但很快又被称为了达尔文的龙。它们的新家设在伦敦动物学会的爬行动物馆中,在科莫多龙的围场旁边。它们共同生活的这片区域被称为"龙角"。

达尔文的龙。其实在我心里,它们就是龙。我是它们秘密身份的唯一知情者。我甚至没有可以说服的人。如果连达尔文先生都不相信我,那就更别提其他人了。

达尔文先生在皇家学会的演讲深受好评。他概述了此次航行中的地质发现,详细描述了加拉帕戈斯群岛的奇异动物,并把我们保存的标本放在罐子和玻璃柜中进行展出。五月时,我们搬到了伦敦,我的主人让我做他的秘书。这份工作不仅包含食宿,还有一份对我这个年龄的孩子来说非常优厚的薪水。

从表面上看,幸运之神眷顾着我。我只是一个平凡的小提琴手的儿子,逃到海上的孤儿。可我却从船上最低的职位升到了贴身侍从。现在,达尔文先生,这位在科学界声誉卓著的杰出绅士,又让我做他的秘书。

但我夜里仍无法入睡,每天沉浸在刮擦器所谓的"脆弱伤感"中。我不仅在工作中出错,内心也总是惆怅万分,思绪就像船上的缆绳缠在了一起。

龙的家,即伦敦动物学会,是世界上最大的野生动物收藏地。法新和她的家人在其中嬉闹竞争,快乐地成长着。它们打来打去,却从不弄伤彼此。和刚孵化时一样,小家伙们蜷成团,聚在一起睡觉。只有法新除外。她总是单独躺在一边,面对着家人,时刻保持警觉。尽管这些小家伙的大小已经赶上法新了,可她依然承担着保护的职责。这群蜥蜴和动物学会里的任何爬行动物都不同。它们对别的居住者充满好奇,友善合群,还会发出一系列令人印象深刻的叫声。这令来访的学会成员们快乐无比——他们是唯一获准进入围场的人。

这些小家伙的鸣叫甚至吸引了墙外路人的注意。他们为了倾听鸣吟,常常在龙角处徘徊不去。以至有人摆了个摊,专门售卖热"龙"派。

这些蜥蜴会对管理人员做出回应,也会响应自己的名字。早期的研究表明，它们几乎和类人猿一样聪明。而和所谓的远亲科莫多龙相比，它们要聪明得多。

马车停了下来，我们很快获准进入大门。守卫们对达尔文先生和我很熟悉。

我们经过了装有栅栏圆顶的乌鸦笼子，里面的金刚鹦鹉轻轻拍打着艳丽的翅膀。达尔文先生穿过一排排围场，朝一处陌生的转弯走去。

我停下脚步。

"快，科文顿，学会最近弄到一只新的……"

我脑海中闪现了"囚犯"一词。

"……科文顿，我知道你等不及去看法新，但请迁就一下我吧。"

他领我来到一处低矮的建筑物旁，敲了敲门。一个管理人员打开了门。

"它叫珍妮，"达尔文先生说，"我们从未见过像它一样的动物。它是一只来自婆罗洲丛林的猩猩，相当不可思议。"

第四十九章

我跟着达尔文先生走进了一座矮小的建筑。那里有一块用栅栏围起来的区域，里面的石头地板上散落着干草。珍妮，也就是那只猩猩，就在那里。它的体形大概和一个四岁的孩子差不多，穿着一件花裙子，长长的四肢覆盖着纤细的红毛。猩猩笨拙地走到围栏前，指关节几乎碰到了地面。随后，它用皮革般坚韧的手指牢牢抓住了金属围栏。它头顶竖着一撮红毛，浓密的眉毛高高扬起，双眼闪着光。它有着深棕色的眼睛，看起来敏锐机警，但也很柔和。我被这奇怪的小生物吓了一跳。它太像一个人了，但又如此不同。我很好奇它是不是真的愿意穿裙子，因为它显然不需要这件衣服。我朝它笑了笑。珍妮露出大大的牙齿，发出咔咔声，转身走了。

"它不喜欢看人露出牙齿。"管理人员说，"珍妮，这位是达尔文先生，来看你的。"他将我们身后的房门闩好，打开了通向珍妮笼区的门，然后递给达尔文先生一个绿苹果。达尔文先生走进笼子，令人出乎意料地坐在了地上。他将苹果放在掌心，就像在喂马一样。珍妮来到他的身边，嗅了嗅苹果，却没有拿。

"刚才已经喂过它了，先生。"管理人员说。

珍妮转身回到我所在的围栏旁，充满好奇。我一边从口袋里掏出手帕递给它，一边抬眼朝管理人员望去。他点点头表示同意。

这只小猩猩夺过手帕嗅了嗅，敏锐的双眼始终盯着我。我暗自好笑，但这次保持双唇紧闭。它噘起嘴表示回应，将手帕放在脑袋上，抬头向上瞧。我看了眼自己的帽子，伸手摘下了它。珍妮也从头上摘下了手帕。

达尔文先生站了起来："做得好，科文顿，你看看它是怎么模仿你的。它的行为很像小孩子。等珍妮更习惯我的时候，我打算好好研究一下它。但今天就到这儿吧。"

主人的声音充满了激情。第一枚龙蛋孵化时，我也见过同样的激情。小猩猩在笼子里欢腾雀跃，将我的手帕扔到空中，看着它落地再捡起。它一遍又一遍地重复着，乐此不疲。它远离丛林中的家园，远离其他同类。我记得那个中滋味，双手握紧了冰冷的围栏。

"这块手帕归你了，珍妮。"我说。

第五十章

我像往常一样走进法新的围场，清点龙的数目。法新早已等在围栏处了，一见到我，就立刻飞奔到我身边。我蹲下来和她打招呼。她碰触着我的手，直到我轻轻挠她的脸颊。她展开褶伞，上面的鳞片不怎么整齐，眼神看起来也暗淡无光。我数了数其余的龙，包括法新一共九条——它们是六便士、石英、玄武岩、花岗岩、熔岩、板岩、黑曜石和大理石。达尔文先生以发现这群小家伙的地点中常见的岩石为它们命名。

法新热乎乎的鼻息喷在我的掌心。我穿着沉重的渔夫长筒橡胶靴,蹚水朝蜥蜴围场的后方走去。达尔文先生一边和主管人员说话,一边记着笔记。其中一条龙无精打采地卧在燃烧着的炭火盆下面,绿鳞片上沾满了泥。

"石英昨天一整天都这样,今天也没什么精神,先生。"管理员大声说。

我蹚过泥滩,走到石英身边,将一只手放在它的下颌。它喷了一下鼻息,眼睛却仍闭着。即使我吹了声口哨,它黄铜色的眼睛也没有睁开分毫。它稍小的那只爪子是白色的,闪耀着光泽,因此我们以水晶的名字来称呼它。我轻轻抚摸着这只爪子。

"保持像砖一样,孩子。"我小声说。

"达尔文先生!"我喊道。听到我的喊声,达尔文先生和管理员便涉水朝我们走来。他们低头看着石英,点了点头。

"密切关注这一条。"达尔文先生对管理员说。

我摇了摇头。我不知道密切关注有什么用。

达尔文先生站在我身旁,若有所思地捻着腮边的长须:"这是一个很有趣的现象,石英看起来比其他的要虚弱,但它属于个头最大的那几个,平时也很壮实,看来有些个体的确更能适应环境的改变。"

达尔文先生转身走开,并在他的小本子上草草记下了什么。绝望如同沉重的铅块坠入了我的胸腔。这里永远都不够暖和。我们永远不可能再现加拉帕戈斯群岛的熔岩平原里的隧道和干热。不该是这里。我把这些动物从火山中心带离,却来到了这样一个阴暗潮湿的城市。

"那其他的呢——它们的体重怎么样?"我问管理员。

"没有变化。"他说。

"噢,它们现在已经成年了,这也是意料当中的事。"达尔文先生回答道。

我无话可说,至少在管理人员面前不行。目前,这些龙和拉布拉多犬差不多大小,但还远远没有成年。它们越长越大,体重却没有改变,原因是它们的肌肉在弱化。没有人明白,这些龙只是幼崽。

"法新怎么样了?"我问道,却又害怕听到回答。

"噢,她大部分时间还是老样子,引领其他的蜥蜴。"管理员笑了,朝我身后点点头。法新后脚站立,挺直身体鸣叫着。我扔给她半条腐烂的沙丁鱼。她没有用爪子抓鱼，而是用尾巴将鱼缠住，径直扔进了熔岩的嘴里，那是她的一个妹妹。我大笑起来。

没有一个爬行动物专家能确认龙的性别。但是达尔文先生和我达成了共识，我们认为雌性的鼻子比雄性的略窄一些。

在过去两个月的时间里，为了改善它们的居住环境，达尔文先生和我做了很多调整。我们建了一个小池塘，可以让它们抓活鱼吃；增添了一些岩石，以便它们藏身其中；为了营造干热的环境，刚刚安置了火盆。但那里的地面总是充满了泥泞，因为围场是建在土地上而不是岩石上，土地渗透性差，围场中总是淤积着很多水。不管雇用多少管理人员清理打扫，这里总有一股腐臭味。

"还玩她的小把戏吗？"我问道，一边又朝法新扔了条鱼。她至少还有胃口，仅就目前而言。

"有时候会，先生。"管理人员压低了声音，偷偷瞟了达尔文先生一眼，向我贴得更近了些，"你的拜访会让她精神振奋。但和别的蜥蜴相比，你离开后，她在围栏那儿徘徊的时间总是更长。"

他说到这儿时,我的感受一定清楚地写在了脸上。

"很抱歉,小伙子,但是你说过想知道一切。"他小声说。

我点点头,清了清喉咙说:"是的。"

我感到一阵突如其来的愤怒。我蹚过淤泥,朝围场边上的达尔文先生走去。

"先生,我们必须得做些什么。您看到石英了,它们在这里过得很糟,它们生病了!"

达尔文先生的浓眉拧成一个疙瘩。"它们只是到了成熟期,科文顿。随着蜥蜴完全长大,你可以预见它们的嬉闹会变少。而且天气转凉了,它们的动作也可能更迟缓。"

"它们没有完全长大。"我嘶喊着打断他,又为自己的冒失而满脸通红,可我现在不能停下,"它们都是幼崽,您知道的……而且它们生病了!它们会长到一头……一头……鲸鱼那么大!"

达尔文先生眼神闪烁,四下瞟了管理人员一眼。他们知趣地走开了,礼貌地打扫着围栏的一个角落,假装什么都没有听见。

"科文顿,我想我已经很清楚地解释过,这种谈话会带来什么后果。"达尔文先生说，"我的声誉正处在最微妙的阶段……"

"可这都是事实，先生。您得帮帮它们。"我望着他的双眼恳求道，沮丧地感到自己的声音已开始哽咽，"我们必须送它们……回去。"

"回去？你不明白自己正在说些什么！"

"达尔文先生，先生。"一个身穿黑色制服的围场守卫打断了他。

"怎么了，伙计？"达尔文先生厉声说，我之前从未见过他这样对陌生人说话。

"恐怕您必须得离开。"守卫说道。

"不可能。我们才刚到这儿，还有重要的科学工作……"

"我无能为力，先生。为了这名特殊的客人，围场必须清场！"

"谢谢你，查塔姆，够了。他们不是普通的游客。"一个陌生的声音打断了他，听起来像铃声一样清脆高昂，我从未听过这样明快的上流社会的口音。

我和达尔文先生同时转过身。围场外站着一位女士，身着苹果绿丝质礼服，上面缀着华丽的刺绣，闪闪发光。她扬起蕾丝太阳伞，露出一张严肃的少女面孔，鬓边垂着充满光泽的棕色长鬈发。一群卫兵和随从跟在她身后。

"女王陛下。"达尔文先生结结巴巴地说，深深地鞠了一躬。

她是维多利亚——英格兰女王。

第五十一章

"**女**王陛下。"我重复道,也深深鞠了一躬。我痛苦地意识到自己穿的是沾满泥泞的长筒靴和粗陋的马甲,戴的是乡下人的领巾。我打扮成这样是为了来动物围场,而不是为了皇室探访。达尔文先生曾提起过,新女王对这些龙很感兴趣,但是我做梦也没想到能在这儿见到她。加冕仪式是一年多前举行的,她看起来比我想象中的还要年轻。我们的女王还不到二十岁,与达尔文先生相比,她和我的年龄更相仿些。

"你就是达尔文先生的侍从,那个男孩?是你在蛋里发现了我这些非同凡响的龙?"她说道。

"是的,陛下。"我回应道,再次鞠了个躬,一边思考着那句"我"意味着什么。她宣称了自己对这些龙的所有权。

"噢,上前来吧,无须行礼。我确信你一定没想到会遇见我。再说一次你的名字好吗?我要和你、你的主人一起谈谈。"

我和达尔文先生同时向前迈了一步。我强迫自己直视她灰色的眼睛。

"我叫西姆斯·科文顿,陛下。"我几乎不敢相信自己正在和女王说话。

"确是如此。我记得在我的皇家学会午宴上,达尔文先生详尽地谈起过你的勇敢无畏。找个时间,我很乐意读一读你自己对在纳伯勒岛发生的故事的描述——我的确非常喜欢绝地逃生的故事,就像我喜爱异域风光和有趣的动物一样。比如,我这里的龙。"她皱起眉头,对我的主人摇了摇手指,就像他是一个淘气的孩子。"它们的健康状况恶化了,这令人无法接受,因为我已经深深迷上它们了。您对此的回答是什么，达尔文先生？"

年轻的女王睁大双眼，充满期待。她习惯了随时能听到自己想要的答案。

"我们改善了它们的日常饮食，也提供了更多的庇护所，让这片区域更接近它们的自然生存环境——"

"我知道已经做了那些工作，但很明显都没有效果。"女王挥了挥手，对达尔文先生的回答不予理会。"看看它们，如此安静，无精打采，不吃东西。现在，我想知道我们采取哪些措施，才能避免失去一个可爱的小家伙。"

达尔文先生清了清喉咙。尽管我没有看他，但我知道他的脸一定红了。

达尔文先生也许不愿意帮助我，但英格兰女王或许会。

"女王陛下，"我几乎不敢相信自己会代替达尔文先生，直接和女王对话，"这些蜥蜴必须回到它们的故乡。一些动物被圈养后情况会很糟，而且它们是同类中仅存的几条了，陛下。"

我鞠了一躬。当我直起身时，我看到达尔文先生的脸颊涨得通红，嘴唇抿成了一条线。我避开了他的目光。

"回到它们的家乡?那个……加拉帕戈斯群岛?"女王挑起眉毛。

是的。趁法新和大家还足够强壮,能经得起长途航行的折腾,女王会促成这件事的。它们会被放回到加拉帕戈斯群岛中最大的岛——阿尔伯马尔岛,并重新回到熔岩管中……

"不可能!"她的笑声高昂清脆,但在我听来却像是葬礼的丧钟。

"科文顿,你发现了它们,还目睹过它们的栖息地。它们是穴居动物,对吗?"

"是的,陛下。看起来是这样,尽管还没有经过系统的科学观察。"

她再次挥挥手打断了我:"它们当然不科学。你是一个被吓坏了的小男孩,无依无靠,何况还被困在一座正在爆发的火山中。"

她身后的随从也跟着笑了起来。我暗暗思忖,女王知道了我的事迹,我该为此感到荣幸才对,但我只觉得自己是他们的消遣。

女王靠近了些,目光忽然透着精明。她用戴着白手套的小手拍了一下我的手臂，低声说道："我已经决定，将正式宣布我对'达尔文的龙'的所有权。这些动物将受皇家特许状的保护，也就是说它们属于王室所有。"她没有停顿，因此我也来不及搞清楚这对法新它们意味着什么，"我将只与你，以及达尔文先生讨论我的计划。"她想了想又加了一句："既然你们最了解这些动物，一周后的晚上九点，我会派一辆马车来接你们。"

维多利亚女王微微点了点头，对我们的深鞠躬几乎毫无回应。她垂下蕾丝阳伞，快步走回到随从中。

达尔文先生的眉毛隐在礼帽的帽檐下。在我们走回马车的路上，他压低声音说道："你不能再用那种方式伤害我了，科文顿，听明白了吗？"他的声音很平静，却相当严厉。

我咽了一下口水，低垂着脑袋说："对不起，先生。"

我们之间的静默沉重且令人窒息。

"您认为她派来的马车会带我们去哪里？"我问道。

"我不知道，科文顿。但我们很快就会弄明白。"

第五十二章

在我们拜访动物学会和与女王奇怪会面后的第二天,达尔文先生和我在他的书房工作着,都沉默不语。这次和以往的宁静不同,那是两人长期陪伴形成的彼此心照不宣的默契。现在,达尔文先生连看都不看我一眼,只是比平时更频繁地捻着胡须。我想再次求他帮忙,请他竭尽所能让这些龙回到加拉帕戈斯群岛。由于他和海军的关系,以及在皇家学会的地位,我年轻的主人正成为一名炙手可热的人物。但我已经求过他了,答案很明确,我也因无礼受到了斥责。四点多钟时，我们收到了管理员从动物学会传来的消息，让我们立即前去。他们没有说明原因。

"是石英。"我说。

达尔文先生拿起帽子和手杖。

"你并不清楚发生了什么，亲爱的孩子。"他温柔地说。我真希望他是对的。

可他错了。

我从午后潮湿的雾里感觉到了，我从马车滚滚的车轮声中听到了，而当守卫打开大门的瞬间，我从那沮丧的表情中也看到了。

当我们经过其他安静的围场时，我听到了龙吟。那是一阵哀鸣，高昂且悲怆。我加快了脚步。

管理员眼圈发红："我们不知道该拿它们怎么办，它们不肯离开石英。我觉得还是应该请你们前来，趁还没有……法新一直在围栏那里不停徘徊。此前，我从未见它们表现出丝毫的攻击性，但是现在，她……她在警告我们离开。"

我点点头，走进了围场。

"科文顿，我认为……"达尔文先生的话音减弱，欲言又止。我永远不会害怕法新。

– 231 –

群龙围在石英身边,就像它们睡觉时那样紧贴在一起,蜷成一个球。它们在恸哭。那是一种尖锐而绵长的哀鸣,直拨心弦,令人身寒齿冷。法新是唯一一个置身群外的。达尔文先生就在我身边,但法新窜来窜去,对着他咆哮。他只好踉跄着退回到围栏后面。

"天哪!"他说道。

"我自己去吧,先生。"

他点点头。

我靠近法新。她低吼着朝我冲来,叼住我衬衣的袖子用力猛拽。薄薄的棉布在她嘴里被撕裂了。我没有动,她的低吼变成了一种哀伤的嘤嘤声。我的记忆被拉回到熔岩管。那时正逢火山爆发,她带着我去救那些龙蛋。现在,她想让我跟着她。

我走近群龙,它们正用鼻子轻轻碰触着石英。石英的头旁边,是搁置在泥沼上的鱼,丝毫没有被动过。六便士用嘴衔起一条鱼,轻轻地将它推给哥哥。石英的头从前爪上滑落下来,掉进泥里。

也许你会认为一只沉睡的动物和一只死亡的动物很像。但它们其实完全不同。一盏灯熄灭了。我的心如重铅一般,骤然下坠。

石英已经死了。我不能自已地跪在烂泥里，趔趄向前，用手托起它的鼻子，乞求它灼热的呼吸能温暖我的掌心。我的手越来越冷，我感到浑身冰凉，使劲咽下了想要呕吐的冲动。

我移开了手，低下头，泪水从紧闭的双眼滑落。法新咆哮的声音如此之大，连我失聪的耳朵都在嗡嗡作响。她温柔而坚定地衔起我的手，将它放回到石英头上。

法新跑前跑后，鼻尖几乎触到了我的鼻子。她眨巴着黄铜色的眼睛，长满鳞片的褶伞向后平贴着。她再次吼叫起来，但吼声渐渐变为了呜咽。其他的龙也跟着发出刺耳的呜呜声和哀伤的嗥叫声。石英毫无生气的身体在它们的碰触下微微震颤。它那只白色的爪子，永远消失在了伦敦的泥沼中。

当我将手从它头上移开时，法新咆哮着试图再次衔起我的手。她不明白。我从火山中救了这些龙蛋，一个都没有落下。她相信我现在也能拯救石英。

她呜咽着不停刨地。我双手捧着她楔形的脸，低声说：

"你知道，如果我能做到的话，我一定会去做的。"

第五十三章

达尔文先生将手放在我的肩头安慰我。我最终被说服离开了围场。群龙为石英哀悼了一整天,接着又轮流守候它的尸体。石英的尸体最终还是被移走了,围场安静下来。幼龙们继续着日常的生活。有两只和往常一样无精打采,其余几只或互相嬉闹,或抓鱼和休憩。可法新已不复以往,她每次都在围栏处徘徊好几小时。达尔文先生忙于研究猩猩珍妮,我得以经常去看望法新。但我的到来并不能安抚她。她扯着我的衣袖,悲鸣低吼,哀声长嗥。她依然相信我能做些什么。

日复一日,达尔文先生和我在沉默中度过。他全神贯注地研究猩猩的行为,记录新发现。而我日渐消沉,就连小提琴也不能让我提起兴致。我必须想办法拯救法新和她的家人。石英死了,谁会是下一个?

我甚至无法想象下一个会是法新,我的心不允许我这样做。但它们在伦敦动物学会的围场里,日夜都有人看守。即使我能——不,这是不可能的。我感到一阵强烈的呕吐感。

我甚至无暇伤感流泪。因为达尔文先生和我还要赶赴女王的约见。

按照预先安排,晚上九点前,一辆黑色马车停在我们的寓所外面。一个严肃的男人,看起来比我俩的年龄加起来都要大,蓄着过时的浓密灰胡子,一言不发,将我们领进陈设简单却造价不菲的马车里。车内挂着厚厚的天鹅绒窗帘,令人仿佛置身于一个黑盒子中。一盏摇晃的油灯照亮了车厢,令我忽然回想起洞穴中的那名海盗。无垠的黑暗中,他在小船下孤身一人度过了多少个夜晚?可我宁愿待在那个洞穴里,也不想在这里看着龙慢慢死去,而无能为力。

达尔文先生和我都没有说话。他似乎也陷入了沉思。我们只知道目的地应该和龙有关。一想到法新和幼龙受女王的保护,我就感到焦躁不安。我明白,哪怕只是犹疑着不完全信任女王,也可能是某种形式的叛国罪。可这就是事实。

马车朝出城的方向驶去。沉默的旅程大约持续了二十分钟。道路开始变得崎岖不平,我们只能抓住扶手。达尔文先生警觉地睁大了双眼,我对他勉强挤出一丝笑容。但这次,我对他晕车的状况没有做任何准备,也不想把我的花呢帽递给他。马车很快停下来,车夫打开门,领我们下车。我们处在一片荒地上。月光照耀着一座低矮的建筑,它看起来像座塔,和矿井中发现的那些塔类似。不远处还停着另一辆马车,比我们的要大得多。它后方连着一辆拖车,上面放着一个巨大的纯黑色板条箱。

"这是什么地方,先生?"达尔文先生询问车夫。

"我接到命令,先生。请您进入矿井。我奉命向您告知这里是绝对安全的,别的就不能多说了。如果您不想进去,也悉听尊便。我立刻送您回去,先生。"

守卫说道。

尽管并无疑虑，达尔文先生和我还是对望了一眼。从拯救龙蛋那天起，这还是我第一次进入地下。

我们手持摇曳的油灯，跟随一名沉默的男人穿过宽敞的地下隧道。我回想起自己在地下沸腾翻滚的岩浆中，争分夺秒逃命的情景，不由得心脏怦怦乱跳，前额冷汗直冒。直到现在，我腿上仍然伤痕累累。

隧道离地面不远，两侧是潮湿暗淡的白垩^①墙壁。隧道很宽敞，层顶也很高，和熔岩管类似。但水从顶部向下滴落，这里要潮湿和阴凉得多。我想达尔文先生也许知道这是哪儿。因为距伦敦这么近的地方，不可能有很多废弃的矿井。男人领我们穿过弯弯曲曲的隧道，途经之处均是又宽又高。我们一直走到能听到声音的角落。回声越来越响，我听出了一个女人的声音，还有一些其他的动静。

一声鸣叫！是龙。怎么回事？不过这无关紧要。那不是咆哮，不是呜咽，而是一声快乐的鸣叫，还有一阵水花飞溅的声音。我太久没有听到龙这样叫了。

---

① 白垩，石灰岩的一种。

我咧嘴笑了，越过领路的男人，跟着鸣叫和水花声向前跑去。在下一个拐角处，我吃惊地停住了脚步，一股热浪扑面而来。许多大火盆被放置在锻铁笼中，点亮了这片区域。它们就像沿墙排列的一堆堆小篝火，炽热的炭火燃烧着，照亮了中央一块巨大的空地。入口处立着铁栅栏和一扇门，里面则是一个被岩石包围的大水池，比动物学会的水坑大了十倍。那里只有三条龙，一条在游泳，头露出水面，一条在浅滩打滚，第三条则蜷在一个炭火灼灼的火盆下方。

"我的天！"达尔文先生惊呼道。

"这是，这是……"我结结巴巴说不出话来。烧红的木炭，岩石，黑暗。这是我见过最接近那个洞穴的地方。

第五十四章

一个娇小利落的身影从暗处走了出来。这一回,维多利亚女王穿着厚实的靴子,身披黑色长斗篷,头戴巨大的老式软帽。这使得她脸部的轮廓更加深邃明晰。两名身着制服的男子和一名老妇人站在她的身后。女王突然露出了一抹微笑。

达尔文先生和我立刻脱下帽子,向我们的女王深深鞠了一躬。她怎么会在这里?她是女王,我想这就是她来这里的原因。她可以想去哪儿就去哪儿。

"对我这些龙的新住处,你可满意?"她清脆的声音在洞穴里回荡。

"女王陛下，我……"达尔文先生犹豫着说。

她不屑地朝达尔文先生挥了挥手，接着，迈步朝我走来，头歪向一旁。

"科文顿先生，听闻可怜的石英宝贝没了，我感到非常困惑。它是一只美丽的动物。请告诉我，你现在一定要诚实。这里的环境，和蜥蜴在纳伯勒岛的原居住地相比，有没有相似的地方？"

我紧紧攥着帽檐，以至于帽子都皱成了一团。英格兰女王想听我的意见。这个洞穴依然太潮湿了，石头也不是火山岩，它们不能四处漫游……但和动物学会的围场相比……

我回答道："是的，陛下，是有相似的地方。"

我胸中燃起一股希望的火焰。我想要相信她，我需要有人帮我营救这些龙。

"陛下，请问法新在哪儿？"

女王解释说，为了测试新环境，她只运来三只蜥蜴作为开始。法新拒绝离开她的弟弟妹妹。女王笑了笑，随后问了我一些问题，包括蜥蜴蛋所处洞穴的温度和明暗程度，以及我亲眼所见的法新在岛上的举动。

达尔文先生一直沉默不语。而我的视线从始至终都无法从幼龙们身上移开。我认出了六便士、熔岩和玄武岩。六便士在水里嬉戏,熔岩和玄武岩在探查火盆。我告诉女王,这一年多来,它们都没有像现在这样充满活力。

她高兴地拍了拍手。

"我知道你迫切地想和它们打招呼,"她说着,从腰带的荷包里拿出一把钥匙,"只有我和一名守卫有这里的钥匙,达尔文先生也可以保留一把通往矿井入口的钥匙。"尽管洞穴里的温度上升了,我却感到一阵寒意袭来。这是一处在女王全权掌控下的私人秘密领地。它不像动物学会,处于公众的视线中。

我沿着池边涉水而行,毫不在意自己的靴子和裤子。我在六便士旁蹲了下来。它头顶上方的火盆燃烧着,一阵阵热气不断扑向我的脸颊。

六便士睁开双眼,眸中的阴霾已一扫而光,不复我在动物学会见过的那般沮丧。我伸出手,轻轻碰了碰六便士。

女王站在我身后,脱下了软帽。她将长裙高高撩过水面,露出底下结实的靴子和绑腿。我简直不敢相信,自己会和英国君主共同在洞穴的池塘中涉水而行。

她递给我一条沙丁鱼,我将它扔给了六便士。我脑海中浮现出这条幼龙非凡绝伦的妈妈,它曾金光灿灿地掠过加拉帕戈斯的天空。这些动物不是为了廉价的马戏表演而生。

"你瞧,它们已经好多了。"维多利亚女王吹了声口哨。雄性里个头最大的玄武岩朝女王游来。它翻滚着腹部,轻轻鸣叫一声,在女王身边浮出水面,接着向后蹲坐在地上。女王掏出一小块鱼,再次吹了声口哨。玄武岩朝鱼的方向点点头,可女王却拿着鱼不松手。

玄武岩用同样的音调,对着她呜呜哀叫了一声。

女王朗声大笑,笑声响彻洞穴,回音阵阵。玄武岩随即张开褶伞,也高声鸣叫起来。

现在是时候告诉女王陛下关于龙的真相吗?她在意它们。如果我告诉她,她就能帮助这些龙。即使这个地方让它们恢复了健康,以后也会出现新的问题,龙会越长越大的。我想起巨龙妈妈喷火的情景。

"那是我教它的,科文顿。"女王说,"它一直不肯学,直到我发现它喜欢吃熏沙丁鱼,这淘气的小野兽。当然，这些野兽比不上我的狗。它们也许同样聪明，但远没有那么顺从，哪怕是对它们的女王和保护者也这样。"

听到这番话，我知道不能开口了。女王只是把它们当作野兽。而我没有任何证据能证明它们的真实面目。这些龙耍这些小把戏是为了取悦我们，并非出于自愿。这个洞穴仍然是一所监狱，是女王设置的监狱。她为石英的死感到愤怒。可我不觉得愤怒，法新和其他的龙也不这样想。我们只感到伤心欲绝。

我瞟了一眼女王年轻的面孔。她的脸颊如大理石一样光滑苍白，柔软的小手戴着深色手套。一个自打出生就被一群女佣侍候的女孩，来这儿做什么呢？

我想我明白了。孩提时代，她几乎从未离开过王宫。众人皆知，她一直被禁锢在肯辛顿的封闭环境中。她如此痛恨严苛的教育，以至于在加冕礼后，她将自己的母亲赶走了。她现在已是女王，可以前往任何想去的地方。如果我是她，我会怎么做？我会做任何令我感兴趣的事情。而这些奇异的动物，正好吸引了她的注意力，仅此而已。

"我已经安排好了。今晚，剩下的龙都会被安置在这里。在它们完全恢复健康之前，只有我，我的随从，还有你和达尔文先生可以进入这里。"

我真希望自己能像她一样自信。

达尔文先生向前迈了一步："陛下。那动物学会……"

"动物学会令这些动物极为不适。那是一个不折不扣的泥坑，到处是烂泥，恶臭满地。更何况已经死了一只动物。"她仰起下巴，"对科学而言，它们是活着更有价值，还是死了呢？达尔文先生？"

第六部

人有喜怒哀乐,动物亦然,并无本质区别。

查尔斯·达尔文
《人类的由来》

第五十五章

一条来自伦敦动物学会的讯息,促使我决定去寻找通向河流的暴雨排水沟。

达尔文先生打开信封,肩膀耷拉下来。"噢,这是个令人失望的消息。"他说。

我不解地抬头望着他。

"猩猩珍妮恐怕已经死了。"

我放下笔,想起那只小猩猩曾活蹦乱跳地摆弄我的手帕。达尔文先生揉了揉额头。

"这真令人伤心。"我喉咙发紧,"发生……什么事了？"

"哦，上面没说。我上次见到它时，它看起来还很健康。它非常有趣，是个令人着迷的研究对象。不过还有希望，他们正运来新的标本，一只名叫汤米的青年雄猩猩。"达尔文先生说完，转身继续工作。

珍妮！达尔文先生花了那么多时间研究它，可它的死亡只是带来不便而已，没有多余的时间为它感到烦闷。

保持像砖一样。

我抓着臭不可闻的桶把手，用鼻子深吸了几口气，但这股味道还是熏得我眼泪汪汪。雨下个不停，暴雨浸透了我的斗篷，靴子和绑腿也进了水，走起路来叽咕作响。我特意把鲭鱼放在火炉旁变酸。虽然哈维太太为这臭气熏天的味道差点儿杀了我，但眼下，半腐的鲭鱼和沙丁鱼是这些龙唯一肯吃的食物了。

我挺了挺肩膀，强迫自己去想法新，想想一周前，我最后一次见到她时的样子。她沿着围栏前的固定路线来回巡逻，在松软的白垩土上踩出了一条小路。所有的龙都开始了某种形式的刻板动作。熔岩和花岗岩避开法新，沿着整个洞穴绕圈儿；玄武岩反复抓挠尾巴根部，以至于上面的鳞片开裂脱落，露出了被挠伤的皮肤；六便士在热火盆上一遍遍地摩擦褶伞一侧，那里的鳞片已被磨损殆尽。

起初这些龙的确如女王坚信的那般生机勃勃。她定期探访这群最受宠的动物。我猜对她而言，这就像一次远离宫廷生活的美好探险。她每次到访，洞穴都会变得愈发舒适。白垩墙壁被粉刷一新，并放置了油灯。隧道沿途还铺设了灯芯草编的席子。幼龙们在小半年的时间里茁壮成长着，块头和大丹犬差不多了。但不久后，它们新的病态行为出现了，并且发展迅速。女王拒绝接受这一现实，仍然坚信矿井围场的决定是正确的。当玄武岩尾巴根部的伤口开始流脓，女王变得怒不可遏，指责饲养员没有照顾好它。

那是维多利亚女王最后一次到访。矿井自此变得昏暗荒芜，只剩一名饲养员和一名大门口的守卫看管矿井围场。

女王陛下依然和达尔文先生保持着联络。我恳求达尔文先生让我给女王写一封信。我想再次建议，趁着下回的勘测任务，用考察船将这些龙送回加拉帕戈斯群岛。他勉强同意了。这段时间，达尔文先生开始和他的表姐爱玛·韦奇伍德交往。而不久后，他极可能会被著名的地质学会接纳为成员。他还忙着写《小猎犬号航海记》，这本书会于明年出版。与此同时，他定期在顶级的科学协会发表演讲。我的主人为自己赢得了声誉，这正是他急需的。因为他准备将自己称之为"重大理念"的研究成果公之于众。他似乎为此感到极度紧张不安。在某种程度上，我觉得这对他的健康是不利的。我对这个秘密项目感到很好奇，据我了解，他的作品和动物间的差异性相关，主要是讨论这种差异性和它们生存环境的关系；还包括为什么有些动物能生存下来，另一些则不能的问题。他和惠特比太太定期通信讨论她养的桑蚕，并拜访了其他的动物饲养者。现在，那些加拉帕戈斯雀鸟的标本在他书桌上占据了显著位置。他一边奋笔疾书，一边频繁地看向它们。

最重要的是我担心法新和其他的龙，到头来不过是他作品中的一个脚注而已。

女王给我回信了。

亲爱的科文顿：

我已收到你最近的信件。你的建议恐怕依然不可行。你为它们的幸福做出了不懈努力，我个人向你表示赞誉。但这些动物在我的保护下，将会永远平安无虞。对此，我知道你将会遵从我的意愿。

维多利亚 R.

我真希望自己没写这封信。现在我持有女王手写的意愿了，如果我违背了……那就是叛国。过去，叛国者的脑袋会被挂在伦敦塔桥的长钉上。我知道这会成为一桩丑闻，也会影响我的主人达尔文先生的声望。

有些时候，担心和疑虑都要把我压垮了。但每当我感到气馁，我就会想起石英，还有珍妮。

第五十六章

我拿出钥匙,打开了嵌置在栅栏里,通往矿井入口的大门。一股阴冷潮湿的苔藓味扑面而来。我点燃了放在门边的油灯。达尔文先生已经一个多月没来这里了。他允许我自由使用这把钥匙。这儿由我一个人做主了。

就是今夜。暴雨已连下数日,没有要停的迹象。洞穴的大部分地区都已被水淹没,这正是我需要的。

我心中涌起一阵希望。水位比我见过的任何一次都要高。我走进主隧道,水轻轻拍打着我的膝盖。这是个好兆头。我涉水向大门走去。所有的龙都潜在水下，只把鼻孔露在水面上。守卫坐在被栅栏围着的洞穴对面，抽着一杆气味难闻的烟斗。

看到是哈勒姆，我松了口气。他是四名守卫中年纪最大的。他们的家族世代为皇室服务，为女王自幼所熟识。守卫们目前轮流在这里蹲守。

我清了清嗓子，以免惊吓到他，可我的声音被水流吞没了，于是我走近了些。

"晚上好，哈勒姆先生。"我说。

老人确实吓了一跳，从座位上滑了下来。所谓的座位，不过是在墙壁上凿出的一块平台。当洞穴潮湿的时候，守卫们可以在这块干燥的地方坐一坐。他碰了碰帽檐，向我打了个招呼。

"科文顿，这么晚了，你真不该来这里。天气这么糟糕，你会患重感冒的，孩子。"

我耸了耸肩膀。和守卫们单独交谈时，我喜欢用自己的贝德福德口音说话，举止也更放松，不介意露出孩子气的一面。我再次感谢我的幸运之星，今夜是老哈勒姆当班。

"睡不着，哈勒姆先生，您不知道我有多担心这些龙。我给它们带了些好吃的。"

哈勒姆点点头,蓄满络腮胡的脸看起来垂得更低了些。洞顶的水滴落到了他的帽子上。他抬头张望,又是一滴,落在了他的面颊上。

"没什么变化,它们都在水里,不过也没有太多选择。火盆都点着了,都在风暴潮的水位线以上,但它们好像不太在意这些了。洪水很快就会排出去的。"

我把手伸进斗篷,掏出一个小扁酒瓶。我假装喝了一大口,浑身舒服地打了个激灵。哈勒姆投来了羡慕的眼神,这正中我下怀。

"对不起,哈勒姆先生,我应该请您先来一口。"

"噢,不,我的孩子。女王明确规定,当班的时候不能喝酒。"

我点点头:"嗯,这可不算是酒,哈勒姆先生。它是一种保健葡萄酒,我妈妈深信它可以祛除湿气。里面可能含有一点点酒精,但这不是主要成分,先生。不过,不能违背女王陛下的意愿——当然不能。"

我耸耸肩,又假装喝了一口。但我还没来得及把它放回口袋,哈勒姆就吐出一大口烟,伸手来拿酒瓶。

"这风雨交加的夜晚,一个老头儿想喝口保健葡萄酒，我想就连圣母玛利亚也会同意的。"他啜了一大口，咳嗽了一下，满足地闭上双眼。

"这是非常健康的混合饮品，先生。"我说道。

"我赞成，小科文顿，的确是保健品。"他连自己的陶制烟斗都没拿开，又咕嘟喝了一大口。

"噢，真是很暖和。你的好妈妈一定……快给我……"

老人的话音变得含混不清，渐不可闻。烟斗从他的嘴边掉落。就在他要摔倒时，我一个箭步冲过去，架住他的腋窝，将他稳妥地放倒在平台上。药剂师说要精确测量睡眠滴剂。我已经计算好了，只要喝的时候不超过两口，酊剂就不会伤害他。哈勒姆身材矮小，很快就倒下了。不过平台很高，他在洪水中也没有危险。

我拿起烟斗，把它放在哈勒姆身边。接着，我解下了他的钥匙。

第五十七章

现在，这些龙对我来说已经长得太大了。我根本无法想象，把它们藏起来或者偷运出去。沿着矿井主隧道一直向前，经过龙的围场，我找到了一条下水道。它很大，可以让我手脚并用地爬过去。而且它和这个区域的暴雨排水主管道相连。我立刻意识到这是它们唯一的逃脱机会。我挪开了下水道上的雨水篦子，爬进了暴雨排水主管道。它至少有十英尺宽。除了水流湍急，又湿又冷外，它和纳伯勒的熔岩管并无太大区别。

困难重重，机会只此一次。

我打开锁，将大门拉开，水在围栏之间奔涌着。火盆依然在烧，围场里的空气要暖和些。法新不再沿着围栏来回游动，而是轻轻碰了碰我的手。正如我所预料的那样，她和其他几条壮实些的龙立刻明白了我的意图。我将桶里的腐鱼投进水里。玄武岩、熔岩和法新大口吞下了一部分。其余的龙仍旧漂浮着，对食物不感兴趣。玄武岩和熔岩用嘴衔了几块鱼，将它们推给自己的兄弟姐妹。于是，这些龙也从水里抬起头来开始进食。我胸口感到紧巴巴的，涌起一阵奇怪的酸涩感。什么样的生物会如此照顾自己的亲人呢？我真希望达尔文先生也在这里，能看到这一切，能最后一次看看它们。最后一次看看我。

可他如果在这里，一定会阻止我的。眼下他正在卧室里酣睡，我离开的时候他还没有醒，无法跟着我。

洞穴里一片喧腾。群龙借着火盆微弱的红光，在水中围成了一个圆圈。我不知道这种行为的含义是什么。它们现在已经和小鳄鱼的体形一样大了，正用强悍的尾巴拍打着水面。水渐渐漫延到了我的胸口，我担心自己会被卷入水下，只能在洞穴的墙壁处观看，那里的水位稍微浅一些。它们发出了呼号声，鸣叫声，呜呜声，咕噜声，仿佛组成了一支管弦乐队。不久后，幼龙们安静下来，火盆的焰光下，它们黄铜色的眼睛闪闪发亮，尾巴左右拍打着。它们是神奇的生物，和世界上其他的生物一样充满智慧。它们使用奇怪的语言，诉说着我永远也无法理解的事情。我将群龙在脑海中定格为一幅画面。我想到了自己失去的亲人，心开始隐隐作痛。

在我提示它们之前，玄武岩就率先游出了大门，其余的龙跟着它鱼贯而出。它们彼此轻轻碰触着，消失在大门外。

法新是最后一个。我沿着隧道，跟在其他的龙身后，看它们会去哪里。正如我所愿，它们跟着洪流而行。它们能闻到暴雨排水沟传来的自由气息吗？是不是连终点处的河流的气息都能闻得到呢？

我的心快蹦出胸膛了，于是我倚着墙壁休息了一会儿。哈勒姆还会再睡一阵子，而我正把这些龙带往一个不确定的世界。可是，不确定的世界总比确定的死亡要好。

女王早就明确地表达过她的意愿。我已犯下了叛国罪。

我数了数经过的龙,六条。不知怎的,我知道法新会留下,她不会不告而别。但还缺少一条。

它们在洞穴的最后方。法新正围着最后一条龙绕圈。是六便士,最小的那条。六便士在水中漂浮着,只把鼻孔露出水面。其他的龙游得很快,已经离开了。但眼前这种情况改变了我的计划。六便士在火盆处把自己灼伤了,伤口很可能已经腐烂,毒素渗到了它的血液里。

"走吧,法新,别管它了,我会照顾它的。"我说。

我抓住法新的肩膀,试图让她离开。但她低声咆哮,她不会离开自己的妹妹。

第五十八章

我涉水走到六便士身旁,双手捧住它的脖颈。它张目望了望,认出是我,又再次闭上了双眼。

"你能行的,我知道你可以。"我说。

我捞起一把刚才投进水里的腐鱼,双手捧到它的鼻子旁边。法新鸣叫着,像是在表达赞成和鼓励。六便士鼻孔翕动,伸出舌头舔了舔碎鱼块,发出咕哝的声音。我的胸中燃起一阵希望。我得动作快一些,不要去想别的龙已经走远了。我用手喂了它更多的碎鱼块,随后将它整个抱进怀里。六便士没有挣扎。我将它带出洞穴，这时洪水已经到达了我大腿的位置。法新在我们前方不远处游着。我轻轻呼唤了一声法新。

远远传来一声鸣叫。我转过头，用健全的那只耳朵听了听。这不是幻觉！我将六便士放进水里，它竟然可以游了。我跟在它和法新身后涉水前行，一路走到下水道入口处。鸣叫声就是从里面传出来的。

洪水哗哗地向下水道涌入。那里的水已经到我膝盖的位置了，我的腿仿佛也要被洪水吸入下水道。六便士半游半走，踉跄着前行，逐渐消失在黑暗中。法新没有离去，她逆着水流划动四肢，望着我。

"我不能和你们一起走。"我说。

她呜呜哀鸣。

我脱下了夹克和靴子。我得把她送入暴雨排水主管道与其他龙会合。

"走吧，"我说，"我就在你后面。"

我手脚并用，跟着她爬进下水道。水流很急，在我的臂弯处奔涌流淌。

群龙正聚集在管道尽头等待着。洞穴的水如小瀑布般涌入暴雨排水主管道，形成了一条翻滚的地下河。只要它们跳入急流，就会被一路冲进泰晤士河。它们能活下来吗？

我望着它们强壮的覆满绿鳞的身体。黑暗中，它们黄铜色的眼睛闪烁着光芒。这不是别的动物，而是一群幼龙。如果有谁能在这种逃亡中活下来，那一定是它们。

别无他法，除非任由它们徘徊踱步，身体被拘禁，心灵被折磨……可那是不对的。

我带走了那些龙蛋，让它们在这里陷入了困境。可是现在，我唯一的选择是将它们置于更加危险的境地。如果，最初我没有将龙蛋带走，情况会不会好一些呢？不！它们会被困在逐渐凝固的岩浆中永远无法脱身，就像琥珀中的昆虫，或达尔文先生的化石那样。群龙蜷缩在一起，抽着鼻子闻着潮湿的空气，凝望着洪水经过。它们在等待时机。我知道它们也在等待法新，可她仍在我身边。

我蹲下身来，这样就和法新一样高了。她往前挪了挪，鼻子贴着我的额头，先是温柔地鸣叫了一声，随即又呜咽起来。最后，她发出一声令人哀伤的低沉咆哮。我抚摸着她的脖颈后方，努力将此刻铭记于心。我不想忘记她鳞片的触感，呼吸的热度，还有那双闪光的眼睛。

"一路平安,法新!你们大家,要保持像砖一样。"我哽咽着说。

群龙停止鸣叫。它们拖着脚,慢慢挪向暴雨排水管的方向,一边嗅探着空气。

"走!"我挥舞着手臂,尽力控制自己颤抖的声音。

法新盯着我。

"走!"我重复道,语气更强硬了些。法新鸣叫了一声。排头的两条龙跳入了暴雨排水主管道,随水流而下。法新再次鸣叫,剩下的龙紧随而上。

她的弟弟妹妹们很快就会被水流冲走。

"法新,你现在得走了。"我轻轻推了推她。她低声咆哮着不想离开。她为何如此在意我呢?我什么时候值得她这样做?我想起了她的妈妈,那条可怕的金色巨龙。即使担心自己的龙蛋,它也没有为此杀死我,而是给我留下一条生路,让我有机会远离它和幼崽。这些动物感知到我们拥有智慧,因此珍视人类的生命。

但法新应该和她的同类在一起,它们也需要法新。我伸出双手,更用力地从侧面推她。可她将爪子戳进岩壁，死死抠着不放。这时，在她肩膀的位置，我感觉到鳞片下有一块硬硬的脊状突起，这是之前从未有过的。我又仔细摸了摸。

翅膀！法新正在变为一条龙。

我想象她和自己的妈妈一样华丽非凡，金光灿灿。只不过她是在伦敦，被困在笼子里。她得去往能自由翱翔的地方。

保持像砖一样。

我涉水走到暴雨排水沟的边缘。法新用嘴衔着我的绑腿，将我从那里往后拽。

我抓住她的鼻子，一把扯开绑腿的油布，用尽全身的力气嘶吼："走！马上走！你不能留在这儿！我不想要你！"

这条龙惊愕地后退了一步，抬起一只爪子。我之前从未朝她嚷嚷过。

她再次呜咽了一声，褶伞平贴在脖颈上。我背过身去，不再看她。

过了一会儿，我听到她跳入暴雨排水主管道的洪流中，一去不返。

第五十九章

"它们全都跑了?"达尔文先生问我。

我点点头,牙齿在不停地打架。火炉烧得很旺,我裹着毛毯,捧着甜茶,却无法停止发抖。我在外晃荡了大半个晚上。尽管我知道将达尔文先生牵扯进此事很自私,可黎明前,我还是回到了他的寓所。我想过逃跑,但也只是想想。我心痛如绞,无处可去。

"对不起,先生。我本来不打算回来的。我在您的书房留了封信,是写给报纸和动物学会的。信里写明了您对我的所作所为毫不知情。"

达尔文先生揉了揉额头。他的头发竖着,天鹅绒晨袍①胡乱地穿在睡衣外面。"那你的计划是什么?"

"计划?"

"对,"他不耐烦地说,"这些龙受女王的保护,而且她明确写下了自己的意愿,你这样做会被认为犯了叛国罪。"

我痛苦地点点头。

"我觉得你不太明白,孩子。"

"我明白,我有罪。我现在就去警察局自首。"

达尔文先生猛地摇摇头:"你绝对不能去!女王会大发雷霆的。因为一些微不足道的事,她下令绞死过人,科文顿!她年轻气盛,也许不会心慈手软。而且她对我的评价不高,我不能左右她的决定。她能很轻易地把你送去监狱,殖民地……无法想象……"他喝了一口茶,手不停颤抖。

我真的会因此被绞死吗?

我的主人一动不动,陷入深思。过了一会儿,他又坐直了身体。

---

① 晨袍,源于西方国家。指早上睡醒或睡到半夜醒来时穿着或披着的衣服。

"你有没有在洞里留下逃跑的痕迹？"

我摇了摇头，不明白他的意思。"我给哈勒姆下了安眠药，拿走了他的钥匙。"

"这么说，哈勒姆可能是没锁门就睡着了？"

"但哈勒姆看见我了，先生。我们交谈了一会儿，他喝了……"

达尔文先生眼中露出一丝熟悉的神采，他有了新主意。"还有别人看见你吗？"

"没有，我走回来的。"我理解了他的意图，皱着眉头，"……但那样的话，哈勒姆会被责罚的……"

"无稽之谈。我会亲自办理哈勒姆的养老金。他是个老人了，不该在黑暗潮湿的环境中工作那么长时间。他发烧了，在幻觉中看到了你。这是一起无法避免的意外，当然不是他的错。"

达尔文先生站起身来，来回踱步，双手绞弄着晨袍的流苏系带。我也坐直了身体。

"你乘第一班离开伦敦的船走，科文顿，我会建议……澳大利亚或者美国？我在这两个地方都有熟人，能帮你找份工作。"

他在等我的回应。我感到一阵天旋地转。我会永远地离开吗？虽然我在英格兰没什么亲人，但是达尔文先生在这里。我想给小猎犬号的水手罗宾斯和戴维斯写信。可他们不擅长书写，无法经常回信，而且他们很快又要出海了。我想起了那蜿蜒灿烂的青色山峦，宁静的悉尼海湾，还有那清澈的天空和友好热情的人们。

"悉尼。我喜欢……悉尼。"

"我也是。"他笑了，"那就这么定了。我会用化名定一张二等舱船票。如果警察来了，我会说你正在剑桥为我取一批标本。"

我的喉咙哽住了，我从来没想到会发生这样的事。

"我不能这样做，我不能……您的声誉，您的重要研究，还有您的书。这对您来说太冒险了，先生。"

达尔文先生用清澈的目光盯着我。我明白，他已经决定了。

"我愿意冒这个险。"他说着，随即压低了声音，"科文顿，这些龙最终都会死在那儿的。女王介入其中，我没办法阻止。可是你……你给了它们自由，所以我也会给你自由。对此我不想再争论了，我的孩子，我已经决定了。"

我点点头，抹去眼角的热泪，身体又朝火炉边挪了挪。

"法新不愿意走。我不得不朝她大吼，好让她离开。"我低声咕哝。达尔文先生扬了扬眉毛，打开一条干净的手帕递给我。

"那一定很艰难，亲爱的孩子。"他顿了顿，"但你做了最好的选择，让它们自己把握机会吧，这很勇敢。现在，你得考虑自己的逃亡了，去澳大利亚吧！"

我吸了吸鼻子："我不知道该怎么感谢您才好，先生。"

达尔文先生又倒了一些茶。"好了，在这种情况下，我们可以说是上了同一条船。"

我的好主人拍了拍我的肩膀，用力捏了一下。他的手掌透过潮湿的衣服温暖着我。我看到他的眼眶湿润，泛着泪光。

我知道他和我一样想起了加拉帕戈斯群岛的那场滔天巨浪。海面上，男孩和男人迷失了方向，他们的双手紧紧握着同一根绳索。

第七部

友谊是衡量个人价值的最好标准之一。

查尔斯·达尔文

第六十章

二十五年后

距离纳伯勒岛越来越近了,它的轮廓在灼热晴空的映衬下愈发清晰。十一岁的埃米琳·科文顿紧握着划艇的栏杆,心兴奋得怦怦直跳。她真的来这里了。魔法岛——爸爸那些最奇妙的故事都在这儿发生。当他许诺有一天会带自己来这里时,埃米[①]还以为爸爸只是说说而已呢。

---

① 埃米,埃米琳的昵称。

他们离开秘鲁的首都利马只有十天,但从澳大利亚开启的航程已经过了六个星期。令人奇怪的是,乘坐划艇前往纳伯勒岛的旅途很短,时间却仿佛过得很慢。爸爸在加拉帕戈斯群岛的历险故事,是埃米有生以来所有幻想的背景。她很熟悉这座岛,就像熟悉常常沾在靴子上的澳大利亚红色尘土一样。不过眼下,她的靴子上沾满了盐渍,被阳光晒得褪了色。她想弄清楚爸爸的故事有多少是真实的,有多少是编造的。

"至少大海比我第一次来的时候要平静点儿。"爸爸拿起水壶里喝了一大口水,接着递给她,"是完美的青蓝色。"

爸爸说得没错。海面风平浪静,小船随着船桨的划动轻轻摇晃着。

"您和达尔文先生遭遇海难风暴时,大海是什么颜色的?"埃米问道。

"嗯,我几乎无法判断那是什么颜色……因为我眼里都是海水,"他的声音带着笑意,"但我觉得那是一种愤怒的青灰色,充满脱脂奶白色[①]的泡沫。"

[①] 脱脂奶白色,出自《沃纳的颜色命名法》。书中指出"脱脂牛奶白色"可以在人类的眼球的白色部分找到。

从埃米记事起，爸爸就教她特殊的颜色描述法，那是达尔文先生常用的沃纳书中的内容。她喜欢这种用动植物描述颜色的方法，认为它最能直观地表述各种颜色。

"嗯……像人类的眼白吗？"她笑着，眼睛紧盯着岛屿顶峰。

"确实如此！"爸爸低声笑着，"那天肯定能看到我的眼白。"

"还有达尔文先生的。"她补充道。

"一定也能看到达尔文先生的。即使在情况最好的时候，他也绝不是个好水手。"

他们终于到达了纳伯勒岛海岸。一个魁梧的水手将埃米从划艇抱到凹凸不平的岩石上。她也因为重回干燥陆地的陌生感，而摇摇晃晃。而这地方奇怪的风景也让她的思绪有些摇摆不定。爸爸说过，加拉帕戈斯群岛会和她见过的任何地方都截然不同。但埃米还是没有做好心理准备，这里会如此……灰暗而荒芜。灰色的岩石，黑色的熔岩平原，不再冒烟的火山顶峰。这里并没有爸爸提及的"黑暗小恶魔"蜥蜴。但她的确看到了几只细纹方蟹在岩石间穿梭。一会儿她得仔细瞧瞧。令人感到遗憾的是，这儿也没有海狮。她最喜欢的故事之一就是法新一跃而起，跳到了正在斗殴的海狮的脑袋上。但这里至少还有长着亮蓝色脚丫的白鸟——蓝脚鲣鸟。她常常为这个名字发笑，怀疑是爸爸编造的。但现在她知道这名字有多么恰当了。

埃米走近一只小鸟，仔细观察起来。它一动不动。埃米朝它挥挥手，小鸟却扭头看向了一旁。她从口袋里掏出了六孔笛。她从来都不像爸爸和姐姐那样喜欢小提琴，也没有像妈妈和哥哥那样学习钢琴。

埃米吹奏了一曲欢快的小调。小鸟黑色的尖嘴张得大大的，好像在打哈欠。她大笑起来，转头看着爸爸："我觉得它不喜欢我的音乐。"

爸爸咧嘴笑道："这和以前一样，那时我也只是个孩子。动物不了解人类，所以它们不懂得要小心谨慎……不过我相信，它很快就会害怕那笛声了。"

埃米想瞪爸爸一眼，可没有成功。

火辣辣的太阳光照在她的宽边草帽上，那是他们为了替换埃米的软帽在利马市场上买的。令她喜出望外的是，爸爸还给她买了一套结实的男童款米色亚麻衣服，还有一双厚实的靴子和帆布绑腿。因此埃米现在看起来就像一个缩小版的爸爸。穿裤子的感觉很奇怪——太自由啦。她不确定妈妈会怎么想。爸爸称这套衣服为"探险服"，认为这对他们要去的地方来说是必备品。妈妈居然同意让她来探险，直到现在她都觉得不可思议。埃米在八个孩子中排行老七。她最年长的两个哥哥，小西姆斯和查尔斯都已经成年了。小西姆斯去年刚结婚。爸爸不在家的时候，他们就负责邮局的运营。大姐贝丝，如果不忙着和屠夫的儿子约会和拉小提琴，便会帮妈妈做些事情。而埃迪、阿尔夫和菲利普，会在妈妈刚刚烤完面包时，风卷残云地把面包和黄油都吃光。不过他们也一直很卖力地在农场工作。而且菲利普向埃米保证了，当她离开的时候，会给最小的弟弟沃尔特读故事。

埃米不会被大家忽略，但也不尽然。她总是和其他人不同。她喜欢收集石头，爱吹奏六孔笛，裙子上总沾满尘土。她和爸爸在一起的时间是最多的。当爸爸宣布自己的计划时，全家人都感到很惊讶。不过当他提及只带埃米一人前往时，大家却并不感到奇怪。

她看了看爸爸。他正透过单片眼镜凝望火山。

"我猜,您会说正在寻找龙吧。"埃米说道。通常情况下,爸爸会借机向她讲述金色喷火龙故事的每一处细节,从巨龙将他丢进大海,四处搜寻他的踪迹,再到法新如何奋不顾身地救他,最后到故事的结局,法新原来是条龙宝宝。对此,埃米会摇头咂嘴,因为她已经长大了,不会再相信这些故事了。爸爸则会朗声大笑。可是今天,爸爸什么话也没说。

埃米顺着他的目光望去,可什么也没看见。她现在对大地更感兴趣,想找找看有没有绿色的蜥蜴。

"您认为达尔文的龙真在这里吗,爸爸?"

爸爸伸手搂过埃米的肩膀,用力抱了抱她。

第六十一章

埃米将被单和毛毯拉到下巴处。头顶上，帐篷的帆布在轻柔的晚风中如波浪般微微起伏。夜幕降临前，趁着爸爸雇用的两名水手搭建帐篷的空当，他们才有一点儿时间去探险。埃米穿过了已熄灭的烟囱状火山喷气孔，以及数英里散布着仙人掌的黑色沙土地，她甚至尝了尝著名的仙人掌果。如果不是陷入困境或饥渴难耐，仙人掌果吃起来并不怎么美味。她的行军床搭在一片棉布窗帘后，舒适无比。爸爸床边则放着一张小书桌和一盏台灯。埃米望着爸爸的身影，双眼因为疲惫而阵阵刺痛，但思绪仍翻腾不停。

"去睡觉吧，埃米。"尽管她没有发出一丁点儿声音，爸爸还是注意到了，他将台灯调暗，"明天一早我们就得起床。"

"您能给我拉小提琴吗？"埃米问。

爸爸叹了口气，但还是拿起了他的小提琴。音符跳动，一首摇篮曲在她的耳边响起，抚平了她跳跃的思绪。这是儿时爸爸专门为她写的曲子。埃米的眼皮马上变得沉重起来……

随着一道撕裂声，头顶米色的帐篷帆布突然向内拱起。爸爸的小提琴发出刺耳的尖叫。埃米倒抽一口气，赶紧捂住了头。她觉得有什么东西落在了他们身上，或许整个帐篷都在崩塌。

"爸爸？"她从床上弹了起来。帐篷也摇摇晃晃地恢复了原样。"爸爸！那是什么？"她坐在床沿上晃悠着双腿，眨眨眼，抬头望了望帆布。

"待在那儿，埃米，别动！"他低声说。

她咬紧牙关，紧紧抱住自己。一定是股狂风吧？刚好凭空而至？但帆布现在纹丝不动，这不合理啊。除非……有什么东西从上面经过。但它一定……巨大无比。

爸爸和其中一名水手在入口处小声交谈着。过了一会儿，他回到帐篷，蹲在埃米的床边，帮她掖好被角，又亲了亲她的额头。

"那是什么？"

"我也不确定，但它现在已经离开了，休息一会儿吧。"他低头望着埃米。他的眼神似乎飘向了遥远的地方，看起来并不担心。柔黄的灯光下，他的眼睛闪闪发亮。

忽然之间，埃米的心头闪过一丝疑虑。关于爸爸讲述的一切，是否都是事实。不，那不可能！

但无论是什么令帐篷晃动得如此剧烈，都绝不会是一只信天翁，一只蓝脚鲣鸟，或一只火烈鸟，也不会是任何爸爸讲过的加拉帕戈斯动物。

空中只有一种如此巨大的动物。而那不是……真实的。

第六十二章

令埃米感到惊讶的是,水手们一大早就离开了。他们说会在附近的加拉帕戈斯海域捕鱼,第二天再回来。她从来没有想过自己会和爸爸单独留在岛上。爸爸抄了条近路,迈着大步径直前往小岛的中心。她连蹦带跳地追赶爸爸快捷的步伐。爸爸今天不怎么说话,眼睛始终盯着火山。

今天早晨爸爸看起来有点儿怪。当她再次问起,前一天晚上,是什么令帐篷剧烈摇晃时,他仅仅回答说不知道。每隔半小时他就会停下来,用单片眼镜扫视天空。埃米不止一次看到他拿着一封皱巴巴的旧信在读。那是达尔文先生寄来的信，他通常会放在胸前的口袋中。这也是他一直保守的秘密。

太阳在空中升起，又渐渐西斜。爸爸终于停下了脚步，扫视着整片天空。他抬起帽子，用领巾擦去额头上的汗水。

"我好像能感觉到它们。"他自言自语地说道。

"那些蜥蜴吗？法新？"埃米问道。

他没有回答。

总算能停下来吃点儿东西了，他们背靠着一处火山喷气孔歇息。它像一个锯齿状的黑烟囱耸立在埃米的腰间。

一只小鸟正在啄食刺梨仙人掌的黄花，埃米指着它问道："爸爸！那不是达尔文先生的雀鸟吗？就是您为他画的，有大长嘴的那种？"

"嗯，是的。常见的仙人掌地雀。"

埃米皱了皱眉。她以为爸爸会再次讲述那天发现仙人掌地雀的经过，还会和她解释，鸟类的嘴之所以各式各样，主要源于各种鸟类不同的食物结构。而拥有便于取食、便于生存的嘴巴的小鸟，会孵育出更多类似的后代。他还会引用达尔文先生的杰出著作《物种起源》中的理论。这本书是去年寄来的，被爸爸放在家里会客厅的一座单独书架上。每逢此时，埃米都不会打断爸爸。尽管她已经听过很多回，对细节都了如指掌了。埃米忽然意识到，爸爸一定是在刚收到这本书时，就开始筹划这次旅行了。《物种起源》在英格兰掀起了巨大的轰动。达尔文先生因发表了苦心孤诣多年的重大理论而一举成名。爸爸说，达尔文先生曾一度担忧，不知人们对他的理论会做出怎样的反应。爸爸还开玩笑说他知道这种感受，因为他自己关于龙的理论，主人就从来没有好好考虑过。

但爸爸现在默不作声。他缓慢地咀嚼着食物，若有所思。埃米就着水，大口吞下了凉土豆、鱼和仙人掌果。随后，她掏出裤子口袋里的六孔笛，演奏了一首爸爸教她的欢快吉格舞曲。这是爸爸在小猎犬号上时用小提琴拉过的曲子。

笛声高昂，飞过眼前宽旷的平原，没有一丝回声，消逝在清澈的空气中。她继续吹奏，一曲接着一曲，沉浸在自己的音乐中。直到爸爸倒抽一口气，霍地站起身来。

笛子从埃米的嘴边掉到了地上。"这是——"她站起身,抱紧爸爸的胳膊。

一个黑影出现在火山顶上。它有一双蝙蝠似的翅膀,身躯强悍有力,双腿垂在身下。它飞行的速度极快,转瞬就趋近眼前。爸爸催促埃米赶紧蹲下,她却抓着爸爸不愿放手。于是爸爸用胳膊搂住了她的肩膀。她能感到爸爸正在颤抖。他们一起仰头张望天空。

此时,埃米和爸爸显得无力、渺小,无力可施,亦无处可藏。因为,它径直朝他们扑来。

一个翱翔的庞然大物,金光璀璨——一条巨龙。

第六十三章

巨龙朝低处俯冲而来。尽管埃米告诉自己要赶紧蹲下,捂住脑袋,可她却怔怔地无法动弹。爸爸强壮的臂膀搂着她,巨龙从头顶掠过,将他们笼罩在自己长长的阴影下。埃米抬起头,惊愕地张大嘴,望着它苍白色的腹部和威猛的爪子。它巨大的翅膀掀起狂风,扑打在他们仰起的脸上,并搅动起阵阵尘土。它一掠而过,直飞云霄,向后滑翔离去。

巨龙在火山与他们之间盘旋着。它舒展双翅,薄薄的皮膜透出明亮的天空。阳光直射在它的鳞片上,光彩夺目。埃米想起妈妈讲述的故事，巨龙看起来仿佛属于希腊神话中的奥林匹斯诸神。她颤抖着贴紧爸爸。

巨龙如陨石般从天空坠落，只在最后一刻拍打双翅，掀起一阵令人泪眼迷离的狂风。随后，它伸展强壮的四肢，优雅落地。

它现在距离埃米和爸爸只有五十步左右，看起来就像一座金色的山丘。

爸爸松开搂着埃米肩膀的手，转身对着她。"待在这里。"他小声说。

埃米抓住爸爸的手，想要阻止他，却无法将自己的眼睛从巨龙头上移开。巨龙的头顶更宽些，上面竖着一对深铜色螺旋形的角。它的大眼睛忽闪着，锥形的鼻子上有两只黑乎乎的大鼻孔。火焰是从鼻孔还是嘴巴喷出来的呢？埃米不记得爸爸是怎么说的了。

爸爸轻轻抽出自己的手。她不敢吵闹，也不敢引起巨龙的注意。巨龙正专注地望着爸爸。它是龙妈妈吗？它看起来和爸爸描述得一模一样。

埃米咽了一下口水。爸爸将来福枪搁在了地上，接着又放下背包，脱去帽子。他现在只剩身上穿的衣服了。

爸爸伸出双手,掌心朝上,慢慢走向巨龙。

怎么形容巨龙的大小呢?它比四辆驿站马车加在一起还要大。算上尾巴的话,更要比它们长得多。它将翅膀收拢在身体两侧。爸爸在它身前大约一米的地方停下了。埃米的心都要跳到嗓子眼了。巨龙垂下头,平视着爸爸的眼睛。它的头比爸爸的整个人都要大,而它的眼睛比爸爸的脑袋还大。埃米害怕地倒抽一口气,赶紧捂住了自己的嘴,唯恐喊叫出来。巨龙眨眨眼,发出了她从未听过的最奇特的声音。

那声音听起来好像是她肚子里咕噜咕噜的震动声,可接着又更像是猫头鹰的鸣叫声。

而爸爸……放声大笑起来。

龙角后的环状褶伞耸然张开,像波浪一样起伏着。埃米注意到上面少了一枚鳞片。

她有一次曾问爸爸,达尔文的龙长大后,他将如何区分它们。他回答说,法新脖颈后的褶伞上缺失了一枚鳞片。

爸爸还说,他不止一次地向达尔文先生和妈妈提及,那些非凡的金蛋其实是龙蛋,而维多利亚女王喜爱的绿蜥蜴们，终将会长成巨大的金兽……

那时爸爸还是个孩子，不比埃米大多少。他放了所有的龙。

可一直以来，这么多年过去了，从没有人相信他。但爸爸的故事都是真的。

现在，了不起的爸爸就站在法新身边——巨龙法新——他把手放在法新的嘴边，跟她说着话。不过埃米听不清爸爸说了些什么。

埃米的心在嗓子眼狂跳不止。可她还是忍不住笑了，因为法新用鼻子轻轻抵着爸爸的胸膛，再次鸣叫起来。

埃米朝他们走去。强烈的好奇心战胜了她内心的恐惧。

埃米紧握着爸爸的手。巨龙扬了扬脑袋，随即又弓身望着她。法新的眼睛漂亮得不可思议。它不再是新铜币那样的黄色，而是波光潋滟，像烈焰一般的金色。眼眸中央还嵌着一抹深邃的黑纹。巨龙抽了抽鼻子。它如此庞大，埃米感到衣服都要被吸走了。它温柔地鸣叫了一声，几乎和小声呜咽一般，随后低头歪向了一侧。

"保持像砖一样。她知道你是谁。"爸爸说。

埃米挣脱爸爸的掌心。她伸出手,手指不停颤抖。巨龙低垂着头迎接她。当埃米的手触到巨龙的眼睛下方时,她脖颈后的褶伞如波浪般轻轻起伏。她的鳞片温暖而光滑,每一枚都和埃米的手掌一般大。

埃米正在触摸一条巨龙。她是爸爸的法新,她长大了。

第六十四章

埃米感到泪水刺痛了眼眶。不过当法新喷着鼻息,发出咕噜咕噜的低鸣声时,她又破涕为笑了。

"爸爸跟我说了很多你的事情。法新,你……"她顿了一下,"你……长大了。"

爸爸轻声笑了,抚摸着法新的鳞片。

法新仰起头,他们向后退了几步。她后腿直立,挺起身子,展开双翅。伴随几下有力的拍打,她一飞冲天,在他们头顶的天空翱翔着,盘旋着,发出欢快的鸣叫。她的叫声响彻云霄，震撼大地，连埃米的双腿都跟着震动起来。

"她见到您太开心了。"埃米说。

爸爸握紧了埃米的手："这么多年了……她真的一点儿都没变。"

法新朝他们飞扑而来。但这次她绷紧四肢，伸出了双爪。她迅速掠过他们的头顶，环绕一圈后，再次伸出前爪俯冲而至。

"她在做什么？"埃米问爸爸。

"在这儿等着，"他说，"要保持像砖一样。"

埃米不喜欢这个说法，但来不及反驳。爸爸跑回到火山喷气孔，跳到气孔边缘站稳了身体。她难以置信地望着爸爸。法新在他的头顶盘旋着，而他伸出双臂，朝法新不停挥舞。

巨龙如一支利箭俯冲而下。爸爸站得笔直，双手伸向天空。

他不会是想……

"爸爸！"

法新从侧面划了一道弧线，巨爪环绕在爸爸的腰间，将他一攫而起。埃米无法相信眼前的一切，爸爸一定是疯了……她跟在巨龙的影子后，一路追逐着他们。

"别怕……我可以将性命……托付给她……"爸爸被卷入空中，声音倏然远去。他挥舞着手臂，另一条胳膊牢牢搂着巨龙的爪子，它足有爸爸的前臂那么长。

埃米捂住了嘴。因为这条巨龙，法新，将她的爸爸带到了海上。他们在海面飞了一圈后，又转向了她。埃米的目光须臾都不想离开他们，她只顾得上拿起爸爸背包里的单片眼镜。透过镜片，埃米望着他们从头顶飞过。爸爸的脸清晰可见。他咧嘴笑着，就像镇上的一个小男孩，骑着玩具车从小山上呼啸而下。法新身后，遥远的蓝天外，她看到了另一道金色闪光。

埃米琳·科文顿数着，一，二……足足七条巨龙。它们在空中交错飞行，留下道道鎏金溢彩的痕迹。

与《达尔文的龙》相关的
人物与地点

人　物

西姆斯·科文顿

本书中，西姆斯·科文顿是基于真实人物虚构而成的一个角色。历史上没有明确记载科文顿的出生日期，他很可能比本书中的角色要年长一些。不过在1830年，8岁的男孩已可以签署合约，登船做一名侍者了。最初在小猎犬号上时，科文顿的确是一名侍者和小提琴手。航行大约两年后，他被提升为查尔斯·达尔文的助手。科文顿跟随达尔文回到了伦敦。他们在一起工作了很久，直到科文顿搬去澳大利亚。他们始终与对方保持着通信联络。尽管在维多利亚时代，信件的内容都很正式。但在我看来，他们一定建立了深厚的友谊。在小猎犬号的旅途中，科文顿写了一份简短的日志。不过围绕加拉帕戈斯群岛的航段，他却没有做任何的记述。而我恰好可以借机而入，用我们的历险故事来填补这段空白。

查尔斯·达尔文

小猎犬号启程时，查尔斯·达尔文只有22岁。因此在本书中，他是一位26岁的年轻男子，而不是我们经常在照片中看到的那位满脸胡须的老爷爷。我最喜欢达尔文的一点是，他没有遵循规划好的人生路线，而是做了截然不同的事情。他本该成为一名医生，但他不喜欢看到血。按照接下来的计划，他应该成为一名牧师，可他对此同样提不起兴趣，并痛恨考试。达尔文先生充满了好奇心和求知欲。孩童时期，他就迷上了收集动物。从他追寻梦想的那天起，美妙的事情就一件件发生了。

在查尔斯·达尔文的年代，大部分欧洲和美洲的人们都相信《圣经》讲述的是事实，即上帝在六天内创造了世界。但在小猎犬号的航行中，达尔文得以近距离地观察大自然，并开始质疑他受到的教育。他发现了一系列证据，证明在长久的岁月中，生物会发生自然的变化……这最终促使他提出了极富开创性的进化论。达尔文知道这项理论会令人震惊，甚至会引起一部分人的震怒。但时至今日，科学家已相信进化论是一个事实。查尔斯·达尔文改变了历史。这一切，都源于他在小猎犬号的航行中,尤其是在加拉帕戈斯群岛上目睹的那些新奇美妙的事物。

维多利亚女王

1837年6月,18岁的维多利亚成为女王。她也是一位在历史上真实存在的人物。我们很容易将她联想成一名老妇人,身着黑色裙装,看起来相当冷漠严肃。但在本书中,她是一名活泼好奇的少女,正在探索作为英格兰新女王的道路。维多利亚女王在一个非常严格的教育环境中长大。这种教育被称之为"肯辛顿"体系。她不能独处,必须在母亲的卧室中睡觉;不可以和别的孩子接触;绝不能吃甜食;几乎不能离开王宫。我想当她成为英格兰女王后,必定会为自己新获得的自由而欣喜万分。她可以改换一下环境,对周围的人发号施令了。她也准备好离开监狱似的王宫,开启新的冒险征程。维多利亚确实很喜欢动物,并且一定见过猩猩珍妮。

玛丽·安妮·惠特比

在达尔文生活的年代,女性从事科学事业的机会并不多。但在达尔文的生命后期,玛丽·安妮·惠特比和他互通了很多信件。她是一名桑蚕养殖者,她的实验帮助达尔文发展了自然选择理论。

埃米琳·科文顿

埃米琳·科文顿确实是西姆斯·科文顿最小的女儿。有关她的记录非常少,所以我请她在本书中经历了一段纯虚构的冒险。

军官和海员们

指挥小猎犬号的菲茨罗伊船长,以及书中所有的海员——水手罗宾斯、船上的外科医生拜诺、厨师、船上的侍者等,都见之于小猎犬号的文件记载。全体船员都是真实存在的人物。

地　点

加拉帕戈斯群岛

加拉帕戈斯群岛是一系列火山岛屿,地处太平洋赤道附近。它们隶属于南美洲的厄瓜多尔,现在是国家公园和海洋保护区。在那里生活着许多稀有动物,在世界其他各处都未曾发现。

纳伯勒岛是真实存在的,现在被称为费尔南迪纳岛。它是加拉帕戈斯群岛中的第三大岛。但达尔文从未到过那里。费尔南迪纳岛的确有一座活盾状火山和熔岩隧道。十几年前，在我的故事还未成型时，它就喷发过。这座岛上没有淡水资源，而且直到现在也无人在那里定居。科文顿在加拉帕戈斯群岛见到的动物都是真实存在的。可以想象，它们当时也生活在费尔南迪纳岛上，这是很合理的。当然了，也包括巨龙！

小猎犬号

小猎犬号是一艘双桅横帆船。它是木制船，以风帆为动力。在当时，它被认为是英格兰第五艘航行速度最迅捷的船。但它其实很小，长约28米，只有两辆双层巴士那么长！小猎犬号上有60到73名船员，居住环境非常差。达尔文睡在一个狭小的船尾舱里。每天晚上，他都需要在军官们看地图的桌子上方搭起一张吊床。

在船长菲茨罗伊的授意下，小猎犬号上安装了一个升高的新甲板。它可以帮助船在水里保持稳定。他这样做是有原因的。这种类型的船通常很容易沉没，以至于被称为"棺材船"。我想，他们大概没有和达尔文提及此事！

用某一犬种给船命名，看起来可能有些奇怪。但对于英国皇家海军来说，用动物给船命名是很普遍的事情。以下是部分我最喜欢的海军船只名称：皇家灰狗号、皇家斗牛犬号、皇家蝙蝠号、皇家海狸号、皇家雪貂号，还有皇家孔雀号！

查尔斯·达尔文生平年表

1809年2月12日，查尔斯·达尔文在英格兰小镇舒茨波利出生。他的父亲是一名医生，母亲是一位著名陶瓷工厂主的女儿。全家居住在一幢大房子中。

自儿时起，达尔文大多数时间都会待在户外，收集鸟蛋（每个鸟巢只取一枚蛋）和鹅卵石。他也喜欢阅读。

1817年，达尔文的母亲去世。他的哥哥和姐姐开始代为照顾他和妹妹。

1818年，达尔文9岁时，被送往了寄宿学校。他厌恶远离家乡，也不是一个好学生——他无法记住所有应该牢记的事情。但他热爱科学，并在自家花园的工具棚里建了一个化学实验室。他的朋友们给他取了个绰号"毒气"。

1825年，达尔文在学校表现欠佳。他和哥哥被一同送往了爱丁堡大学的医学院。他的哥哥成为一名医生，达尔文却厌恶手术观摩。一年后，他终于向父亲坦白了自己不想当医生。

1828年，因为许多牧师将研究自然作为一种爱好，达尔文被送往剑桥神学院接受牧师培训。他仍然不喜欢学习，大部分时间都在户外收集甲虫。

1831年，菲茨罗伊船长即将驾驶小猎犬号环游世界。达尔文有机会成为"船长的绅士同伴"和船上的博物学家（研究自然科学的专家）。这次航行用时至少两年。

1831年12月27日，小猎犬号从普利茅斯起航。

1832年1月，小猎犬号到达了非洲赤道以北的佛得角。达尔文开始阅读地质学方面的书籍，并有机会接触到了地质学家查尔斯·莱尔的观点。莱尔坚信，地球是经历了长久的岁月才形成的。达尔文决定一边收集标本，一边探索自己质疑的理论，对这个观点进行深入调查。

同年9月，达尔文在阿根廷海岸发现了化石。

1832年到1835年，达尔文到访了巴塔哥尼亚、里约热内卢、乌拉圭、智利等地，并攀登了安第斯山脉。与此同时，他一直在收集标本，观察山脉和岩石，还目睹了一次地震。

1835年9月15日，小猎犬号到达加拉帕戈斯群岛。达尔文收集到了著名的加拉帕戈斯雀，以及其他许多罕见的动物。

1836年9月，在访问过塔希提、新西兰、澳大利亚和南非后，小猎犬号返回英格兰。

1837年，达尔文开始了职业科学家的生涯。他将在小猎犬号上记录的日记整理出版，并在专家的帮助下鉴定自己收集到的化石。

1838年，达尔文在伦敦动物园见到了猩猩珍妮。到了10月，在他的脑海中逐渐形成了一个理论，即动物们世世代代是如何进行演变的。虽然同一物种的独立个体都是独特的，但其中一些会更出色，因为它们更适应生存。当这些个体有了自己的后代，它们会将这种适应性遗传给下一代……这最终被称为"自然选择"。他对自己的工作秘而不宣，以免使人们感到不安。

1839年1月29日，达尔文与自己的表姐爱玛·韦奇伍德结婚。他们将家搬到了乡下，居住在肯特的唐屋。

达尔文以小猎犬号日记为基础，发表了《研究日志》。

到1858年，达尔文已经有了一个大家庭。和大多数维多利亚时代的父辈相比,他是个非常轻松有趣的父亲。他甚至在楼梯上给孩子们做了个滑梯!不幸的是,他的10个孩子中有3个夭折了。在没有发明抗生素和其他药物的年代,这是很普遍的事情。

达尔文收到了一封来自阿尔弗雷德·罗素·华莱士的信件。他居住在马拉西亚,也持有相同的自然选择观点。达尔文决心公开自己的理论。但为了与华莱士保持公平,他们决定在二人均不在场的情况下,将双方的理论在自然会议上大声宣读。由于达尔文在1844年就写下了相关注释,他被公认为是进化论的发现者。

1859年,《物种起源》[①]出版。它被认为是有史以来最重要的科学书籍之一。这本书在英格兰引起了轰动,成了街谈巷议的话题。随着时间推移,大部分科学家开始接受达尔文的观点。

1871年,《人类的由来》出版。达尔文写道,人类并非亚当和夏娃的后裔,而是动物王国的一部

[①]《物种起源》,是英国生物学家查尔斯·达尔文系统阐述生物进化理论基础的生物学著作。它的全名是《论自然选择即在生存斗争中保存优良族的物种起源》。

分，并像其他物种一样进化。当时的人们为此震怒不已。讽刺漫画甚至将达尔文的形象绘成了一只多毛的猴子。

1881年,达尔文出版了他最后一本关于蚯蚓的著作。他从未想过出名,毕生都是一位科学家。即使重病在身,他也从未中断提出问题,从未中断观察和写作。

1882年,达尔文去世,享年73岁。